Ο θησαυρός της Βαγίας

Ζωρζ Σαρή

Ο θησαυρός της Βαγίας
μυθιστόρημα

ΠΕΝΤΗΚΟΣΤΗ ΠΡΩΤΗ ΕΚΔΟΣΗ

Το παρόν έργο πνευματικής ιδιοκτησίας προστατεύεται κατά τις διατάξεις της ελληνικής νομοθεσίας (Ν. 2121/1993, όπως έχει τροποποιηθεί και ισχύει σήμερα) και τις διεθνείς συμβάσεις περί πνευματικής ιδιοκτησίας. Απαγορεύεται απολύτως η άνευ γραπτής αδείας του εκδότη κατά οποιονδήποτε τρόπο ή μέσο (ηλεκτρονικό, μηχανικό ή άλλο) αντιγραφή, φωτοανατύπωση και εν γένει αναπαραγωγή, εκμίσθωση ή δανεισμός, μετάφραση, διασκευή, αναμετάδοση στο κοινό σε οποιαδήποτε μορφή και η εν γένει εκμετάλλευση του συνόλου ή μέρους του έργου.

Εκδόσεις Πατάκη – Σύγχρονη λογοτεχνία – Νεανικά μυθιστορήματα
Ζωρζ Σαρή, *Ο θησαυρός της Βαγίας*
Μακέτα εξωφύλλου: Θανάσης Γεωργίου
Φωτοστοιχειοθεσία: Π. Καπένης
Φιλμ: Φ. Βλάχος
Μοντάζ: Αφοί Πίνα
Copyright© Σ. Πατάκης ΑΕΕΔΕ (Εκδόσεις Πατάκη)
και Ζωρζ Σαρή, Αθήνα, 1991
Το βιβλίο κυκλοφόρησε για πρώτη φορά το 1969 από τις Εκδόσεις Κέδρος
Πρώτη έκδοση από τις Εκδόσεις Πατάκη, Αθήνα, Ιανουάριος 1992
Ακολούθησαν οι ανατυπώσεις Μαΐου 1992, Αυγούστου 1992,
Φεβρουαρίου 1993, Ιουνίου 1993, Οκτωβρίου 1993,
Φεβρουαρίου 1994, Ιουνίου 1994, Οκτωβρίου 1994,
Φεβρουαρίου 1995, Ιουνίου 1995, Δεκεμβρίου 1995, Μαρτίου 1996,
Νοεμβρίου 1996, Φεβρουαρίου 1997, Απριλίου 1998, Νοεμβρίου 1998,
Ιουλίου 1999, Μαΐου 2000, Νοεμβρίου 2000, Ιανουαρίου 2001, Απριλίου 2002,
Δεκεμβρίου 2002, Δεκεμβρίου 2003, Νοεμβρίου 2004, Νοεμβρίου 2005,
Ιουνίου 2006, Ιανουαρίου 2007, Οκτωβρίου 2007, Οκτωβρίου 2008,
Αυγούστου 2009, Απριλίου 2010, Ιανουαρίου 2011, Οκτωβρίου 2011,
Ιουλίου 2012, Ιανουαρίου 2013, Οκτωβρίου 2013, Ιουλίου 2014,
Ιανουαρίου 2015, Σεπτεμβρίου 2015, Απριλίου 2016, Δεκεμβρίου 2016,
Οκτωβρίου 2017, Ιουλίου 2018, Φεβρουαρίου 2019, Νοεμβρίου 2019,
Οκτωβρίου 2020, Ιουλίου 2021, Ιουνίου 2022, Φεβρουαρίου 2023
Η παρούσα είναι η πεντηκοστή πρώτη εκτύπωση, Ιούνιος 2023
ΚΕΠ 472/23
ISBN 978-960-293-679-5

ΠΑΝΑΓΗ ΤΣΑΛΔΑΡΗ (ΠΡΩΗΝ ΠΕΙΡΑΙΩΣ) 38, 104 37 ΑΘΗΝΑ
ΤΗΛ.: 210.36.50.000, 210.52.05.600, 801.100.2665 - FAX: 210.36.50.069
ΚΕΝΤΡΙΚΗ ΔΙΑΘΕΣΗ: ΕΜΜ. ΜΠΕΝΑΚΗ 16, 106 78 ΑΘΗΝΑ, ΤΗΛ.: 210.38.31.078
ΥΠΟΚΑΤΑΣΤΗΜΑ ΒΟΡΕΙΑΣ ΕΛΛΑΔΑΣ: ΚΟΡΥΤΣΑΣ (ΤΕΡΜΑ ΠΟΝΤΟΥ – ΠΕΡΙΟΧΗ Β΄ ΚΤΕΟ)
570 09 ΚΑΛΟΧΩΡΙ ΘΕΣΣΑΛΟΝΙΚΗΣ, Τ.Θ. 1213, ΤΗΛ.: 2310.70.63.54, 2310.70.67.15 - FAX: 2310.70.63.55
Web site: http://www.patakis.gr • e-mail: info@patakis.gr, sales@patakis.gr

Στα παιδιά μου

ΠΕΡΙΕΧΟΜΕΝΑ

Ο «Πορτοκαλής Ήλιος»	11
Στο σπίτι του Καζαμία	21
Η Νικόλ	34
Βαγία	47
Η Νικόλ προτείνει ένα σπουδαίο σχέδιο	64
Στην Παλιαχώρα	76
Τα παιδιά συνωμοτούν...	93
Στο Ναό της Αφαίας	99
Το Ελλάνιον όρος	106
Το καλοκαίρι συνεχίζει την πορεία του	123
«Έκτακτο συμβούλιο»	129
Δεξαμενή	135
Ξανά στη Βαγία	141
Επίλογος: Η Νικόλ γράφει από το Παρίσι	148

Ο «Πορτοκαλής Ήλιος»

Ο «Πορτοκαλής Ήλιος» ξεμάκραινε από το λιμάνι του Πειραιά. Οχτώ το πρωί κι η ζέστη κιόλας ίδρωνε το κορμί, κολλούσε πάνω στο δέρμα. Η θάλασσα ασάλευτη θα 'μοιαζε αληθινό γυαλί, αν δεν ήταν οι άσπροι αφροί που ξεσήκωνε το καράβι χαράζοντάς την.

Κόσμος πολύς, περισσότερες γυναίκες με παιδιά, που ξεκινούσαν για κάποιο νησί του Σαρωνικού, την Αίγινα, τον Πόρο, την Ύδρα ή τις Σπέτσες. Τα σχολεία είχαν κλείσει κι οι μητέρες είχαν ετοιμάσει τις καλοκαιριάτικες αποσκευές: βατραχοπέδιλα, μάσκες, σαγιονάρες, ψάθινα ή πάνινα καπέλα...

Στο κατάστρωμα οι πολυθρόνες ήταν όλες πιασμένες κι ούτε ένα σκαμνί αδειανό. Στα σαλόνια έκανε τόση ζέστη, που όλοι οι επιβάτες προσπαθούσαν να βολευτούν έξω, με την ελπίδα να δροσιστούν από τον αέρα της θάλασσας.

Σε μια άκρη της κουπαστής, δύο αγόρια, θα ήταν δεκατεσσάρων χρόνων, κοιτούσαν στ' ανοιχτά και συζητούσαν.

– Πέρσι, την ίδια ακριβώς μέρα, ταξιδεύαμε με το «Καμέλια». Τούτο το καράβι φαίνεται πιο μεγάλο, πιο καλό, έλεγε ο Κλου, σγουρόξανθος, ψηλός, με ωραία μελιά μάτια.

– Ναι, αλλά πέρσι πηγαίναμε στον Πόρο, ενώ φέτος...

Ο Αλέξης άφησε τη φράση του ατέλειωτη, η φωνή του

έμοιαζε πικραμένη. Ίδιο ανάστημα με το φίλο του, είχε καστανά μαλλιά, λίγο μακριά, φορούσε γυαλιά που έκρυβαν κάπως τα μεγάλα γκριζοπράσινα μάτια του.
– Και λοιπόν; Τόσο το καλύτερο, καινούριο νησί, καινούριες εντυπώσεις.
Ο Κλου ήταν Γάλλος, κι όμως μιλούσε τα ελληνικά με πολλή ευκολία. Από μικρός ερχόταν τα καλοκαίρια στην Ελλάδα και είχε μάθει τη γλώσσα χωρίς κόπο. Φυσικά, συχνά έκανε λάθη, μπέρδευε τις λέξεις ή έψαχνε να βρει τη σωστή έκφραση, κάνοντας τους φίλους του να γελάνε.
Ο Αλέξης, σχεδόν δακρυσμένος, του απάντησε:
– Το περσινό καλοκαίρι δε θα ξαναγυρίσει ποτέ... ποτέ.
– Την είπες πάλι τη σοφία σου! Και βέβαια δε θα ξαναγυρίσει, ο χρόνος πάει προς τα μπρος κι όχι προς τα πίσω.
Ο Αλέξης γύρισε και κοίταξε το φίλο του απορημένος:
– Δε σε καταλαβαίνω, δε θα σου λείψουν οι περσινοί μας φίλοι, η Ρηνούλα, ο Πέτρος, το σπίτι με τις καμάρες, η παράγκα του Βασίλη, που κρυφά πηγαίναμε τα μεσημέρια, η σπηλιά που πιάσαμε εκείνο το χταπόδι;
Γέλασε ο Κλου, τα μάτια του λαμπύρισαν στο φως του ήλιου:
– Θα μου λείψουν, βέβαια, οι φίλοι, αλλά παράγκες και σπηλιές θα βρούμε άλλες. Μ' αρέσει η αλλαγή, η περιπέτεια, θέλω να γνωρίσω καινούρια τοπία, άλλη θάλασσα. Φτάνει ο Πόρος, ζήτω η Αίγινα, κι ας μην την ξέρω. Άλλωστε, μας περιμένουν τα κορίτσια...
Ο Αλέξης νευρίασε, λες κι ο ενθουσιασμός του Κλου τον ενοχλούσε:
– Και πού ξέρεις εσύ τι σόι πλάσματα είναι αυτά τα κο-

ρίτσια; Μπορεί να 'ναι τίποτε ηλίθια όντα και να μας χαλάσουν τις διακοπές.
- Σαχλαμάρες, η μητέρα σου μας είπε πως είναι μια χαρά κοπέλες, ρώτησέ την ξανά.
Ο Κλου γύρισε το κεφάλι και κοίταξε μια γυναίκα που ήταν καθισμένη λίγο πιο κει. Μιλούσε σ' ένα κοριτσάκι.
- Δε βαριέσαι, του απάντησε ο Αλέξης. Άλλα τα δικά της γούστα κι άλλα τα δικά μου. Κοίτα το Λινάκι πώς την ακούει, σαν να χάζεψε. Λοιπόν, παράξενο παιδί η αδερφή μου. Πάντα η ίδια, όπως την ξέρεις. Ζωηρή, άταχτη, σκανταλιάρα, αλλά διψάει ν' ακούει. Φτάνει να της μιλάς και γίνεται φρόνιμη σαν Παναγιά.
Τα δυο αγόρια γύρισαν ξανά προς τη θάλασσα και κοίταξαν την Αίγινα που καθαρά ξεπρόβαλε στον ορίζοντα.
- Σε μισή ώρα θα μπαίνουμε στο λιμάνι, είπε ο Κλου.
Ο Αλέξης έμεινε σιωπηλός. Σκεφτόταν: κι αυτή τη φορά θα κατεβούμε. Πέρσι κοιτούσαμε την παραλία από το κατάστρωμα κι ύστερα τραβούσαμε για τον Πόρο.

Η μητέρα του Αλέξη, η Ζωή, μιλούσε στην κόρη της τη Λίνα, που, όπως πολύ σωστά είχε πει ο Αλέξης, την άκουγε σαν φρόνιμη Παναγιά. Ήταν δέκα χρονών, πολύ ψηλή για τα χρόνια της, μελαχρινή, με μακριά μαλλιά πιασμένα αλογοουρά.
- Ναι, Λίνα μου, η Αίγινα για μένα είναι το πιο ωραίο νησί. Στη Βαγία πέρασα τα πιο όμορφα καλοκαίρια μου, θα ήμουν όσο είσαι κι εσύ τώρα, όταν μας πρωτόφερε η γιαγιά σου. Το χωριό είχε όλα κι όλα έξι σπίτια, μποστάνια, μουριές, μαγκανοπήγαδα και συκιές. Σε κείνο το μέρος του νησιού η θάλασσα είναι συχνά φουρτουνιασμένη,

γιατί το πιάνει ο βοριάς. Με τη θεία σου την Ειρήνη κάναμε πολλές τρέλες κι είχαμε συχνά περιπέτειες... ελπίζω να μη μου κάνεις τα ίδια, κακομοίρα μου. Δεν έχω καμιά διάθεση να σε κυνηγώ πάνω στα βουνά και να λαχταρά η καρδιά μου.

Η Λίνα γέλασε:
– Όλες οι μαμάδες ίδιες είστε. Κάνατε του κόσμου τις τρέλες, όταν ήσαστε παιδιά, και τώρα θυμώνετε με τις δικές μας.

Γέλασε η μητέρα και χάιδεψε το μάγουλο της κόρης της.
– Τα ίδια θα λες κι εσύ στα δικά σου παιδιά –αναστέναξε– έτσι γίνεται πάντα.

Εκείνη τη στιγμή, μια ψηλή κομψοντυμένη κυρία πέρασε από μπρος τους.

Η Ζωή βλέποντάς την έβγαλε μια χαρούμενη φωνή:
– Η Βέρα!

Η κυρία κοντοστάθηκε και γύρισε προς το μέρος της:
– Ζωή μου!

Οι δυο φίλες αγκαλιάστηκαν, ενθουσιασμένες για τη συνάντηση.

– Για ποιο νησί; τη ρώτησε ανυπόμονα η Ζωή.
– Στην Αίγινα πάμε φέτος, κι εσείς; τη ρώτησε το ίδιο ανυπόμονα η Βέρα.
– Κι εμείς, κι εμείς, της απάντησε χαρούμενα η φίλη της, αλλά σε ποιο μέρος;
– Στο Μούντι, στο ξενοδοχείο.

Η Ζωή ενθουσιάστηκε και δεν το 'κρυψε καθόλου.
– Θαύμα! Το σπίτι που νοικιάσαμε είναι τρία λεπτά από το Μούντι, θα περάσουμε μαζί το καλοκαίρι.

Οι δύο γυναίκες δεν είχαν ξεσφίξει τα χέρια κι η χαρά τους ακτινοβολούσε.

Η Λίνα τις άκουγε και σκεφτόταν: «Λες κι είναι κοριτσάκια, για δες πώς κάνουν, όλος ο κόσμος τις κοιτάει».

Πόσες φορές η Λίνα είχε ξεφυλλίσει το άλμπουμ με τις φωτογραφίες, τότε που η μαμά της ήταν στο σχολείο, στο γυμνάσιο. Τις ξαναείδε και τις δύο με την ποδιά του σχολείου. Η μητέρα της, αδύνατη, με κοντά μαλλιά κι αγορίστικο ύφος, η άλλη, η κυρία Βέρα, πιο ψηλή, λίγο παχιά, με ύφος πάντα σοβαρό. Έβαλε τα γέλια. Η Βέρα γύρισε και την πρωτόειδε:

– Το Λινάκι, δε σε είδα, χρυσό μου. Πόσο μεγάλωσες, πόσο ομόρφυνες!

Έσκυψε και τη φίλησε.

– Πού είναι ο Άγγελος; τη ρώτησε η Λίνα.

– Μέσα, στο σαλόνι... εκεί στην πόρτα, φυσικά διαβάζει –αναστέναξε– τρέχα να τον φωνάξεις.

Η Λίνα είχε φτάσει κιόλας κοντά στο αγόρι που ήταν βυθισμένο σε κάποιο βιβλίο. Δεκαπέντε χρονών, μεγαλόσωμος, με σκούρα μαλλιά κι άσπρο δέρμα. Φορούσε κι αυτός γυαλιά σαν τον Αλέξη και φαινόταν μεγαλύτερος από τα χρόνια του, ίσως γιατί ήταν τόσο ψηλός κι είχε πάντα σοβαρό ύφος.

Όταν τον άγγιξε η μικρή, το πρόσωπό του πήρε μια έκφραση απορίας, αλλά μόλις τη γνώρισε, χαμογέλασε:

– Λινάκι..., τι γυρεύεις εδώ;

Η Λίνα τον τράβηξε από το χέρι:

– Έλα... έλα, ο Αλέξης κι ο Κλου είναι μαζί μου, εκεί. Πάμε κι εμείς στην Αίγινα, θα μένουμε κοντά, θα περάσουμε μαζί το καλοκαίρι, έλα να σε δουν τ' αγόρια και να τους πούμε το νέο.

- Ποιο νέο;

Ο Άγγελος δεν πολυκαταλάβαινε τι του έλεγε η Λίνα, έτσι γρήγορα και λαχανιασμένα που μιλούσε. Σηκώθηκε, όμως, κι ακολούθησε τη μικρή. Όταν βρέθηκαν κοντά στ' αγόρια, πριν προλάβει καλά καλά να τα χαιρετήσει, η Λίνα μπήκε πάλι στη μέση.

- Το μάθατε το νέο; Ο Άγγελος θα μείνει στο Μούντι, δύο βήματα από το σπίτι μας, θα κάνουμε μπάνιο μαζί, το Μούντι είναι ξενοδοχείο, το είπε η μαμά.

Τ' αγόρια σφίξαν το χέρι του φίλου τους. Μπορεί να μη συναντιόνταν πολύ συχνά στην Αθήνα τώρα που είχαν μεγαλώσει, αλλά και ο Αλέξης κι ο Κλου τον αγαπούσαν και τον θαύμαζαν για την «πολυγνωσία» του. Όταν ήταν μικρός τους ζάλιζε με τις «σοφίες» του, αντί να παίζει μαζί τους, αλλά τον κάναν κέφι και πάντα τον ξανάβλεπαν με χαρά.

- Εσύ που τα ξέρεις όλα, θα μας πεις για τα καλά και τα στραβά του νησιού, του είπε ο Αλέξης.

- Τη Ράνια και τη Σόφη τις ξέρεις; τον ρώτησε ο Κλου.

- Τις Καρυώτη; Από τη Θεσσαλονίκη; Έχω ακουστά από τη μαμά, ο πατέρας τους είναι καθηγητής μαθηματικών και, όταν ήμουν μικρός, τον θυμάμαι...

Ο Αλέξης τον έκοψε:

- Μας φώτισες, δε σε ρωτάμε για τον πατέρα, τα κορίτσια είναι ο μπελάς...

Στο μεγάφωνο ακούστηκε μια φωνή: «Παρακαλούνται οι κύριοι επιβάτες, που προορίζονται για την Αίγινα, να ετοιμαστούν για την αποβίβαση, το πλοίο θα αναχωρήσει αμέσως».

- Αλέξη, Κλου, κατεβείτε, πάρτε τις βαλίτσες· Λίνα, μην ξεχάσεις το σάκο σου. Μη σπρώχνεστε, παιδιά. Λίνα, μην απομακρύνεσαι. Αλέξη, πιάσ' την απ' το χέρι.

Ο Αλέξης φουρκίστηκε:

- Τι να πρωτοπιάσω, μαμά; Τη Λίνα ή τη βαλίτσα; Ο Θεούλης μου 'δωσε μόνο δύο χέρια!

Η κυρία Βέρα σκούντηξε τον Άγγελο:

- Μην είσαι αφηρημένος, ξέχασες το βιβλίο σου πάνω στην πολυθρόνα.

Ο «Πορτοκαλής Ήλιος» έμπαινε στο λιμάνι, ανάμεσα στο κάτασπρο εκκλησάκι του Αϊ-Νικόλα και το κεντράκι του μόλου με τις πάνινες πολύχρωμες πολυθρόνες.

Στην προκυμαία, δίπατα σπίτια με καφενεία στο ισόγειο, και καταστήματα με εγχώρια προϊόντα. Δεξιά, η Παναγιά με το καμπαναριό της. Αριστερά, ο λόφος με την αρχαία κολόνα από το ναό του Απόλλωνα.

Όλοι μαζί βρέθηκαν μπροστά στην έξοδο με άλλους πολλούς επιβάτες.

Το καράβι, απαλά, πλεύρισε το μουράγιο, μπήκε η ξύλινη σκάλα κι άρχισε να ξεχύνεται ο κόσμος στην αποβάθρα. Έκανε ζέστη, ο ήλιος πύρινος έκαιγε την παραλία.

- Θα χωρέσουμε όλοι σ' ένα ταξί; ρώτησε η Βέρα.

- Να στριμωχτούμε, απάντησαν μ' ένα στόμα όλα τα παιδιά.

Σήκωσαν τις βαλίτσες και προχώρησαν. Λίγα μέτρα παρακάτω, μια σειρά από ταξί περίμεναν τον πελάτη. Ο σοφέρ του πρώτου, που έπινε τον καφέ του, καθισμένος στο απέναντι καφενείο, πετάχτηκε:

- Για πού;
- Για την Αιγινήτισσα.
- Σαν πολλοί δεν είστε;
- Η μικρή δε μετράει, είπε ο Άγγελος.
Η Λίνα ψευτοθύμωσε:
- Κι εσύ μετράς για δύο.
Καλόβολος ο σοφέρ έπιασε τις βαλίτσες για να τις βάλει στο πορτ μπαγκάζ.
- Θα βολευτούμε, είπε.
Στοιβάχτηκαν κυριολεκτικά μέσα στο αυτοκίνητο, που πήρε τον παραλιακό δρόμο προς τη δυτική πλευρά του νησιού.
- Ξεραΐλα..., μουρμούρισε ο Αλέξης. Πού τα δέντρα του δάσους στο Νεώριο!
- Ναι, αλλά εδώ έχει φιστίκια, που αρέσουν σ' όλους μας, είπε ο Κλου.
- Και μπόλικη ιστορία, είπε ο Άγγελος, κάπου εδώ πρέπει να 'ναι ο κόλπος του Μαραθώνα, που μαζεύτηκαν τα ελληνικά καράβια μετά τη μάχη της Σαλαμίνας και οι μαχητές μοίρασαν μεταξύ τους τα λάφυρα και τ' αριστεία...
- Καημένε Άγγελε, ο Μαραθώνας είναι αλλού, έχει και λίμνη, εγώ την είδα, κρίμα τα όσα ξέρεις, τον έκοψε η Λίνα.
- Ξέρω τι λέω, αγράμματη, και μελέτησα πολύ την ιστορία της Αίγινας πριν έρθω. Πού είναι ο κόλπος του Μαραθώνα, κύριε; ρώτησε ο Άγγελος τον σοφέρ.
Πρόθυμα εκείνος του απάντησε:
- Λίγο πιο κάτω, νεαρέ μου, θα σου τον δείξω μόλις φτάσουμε. Σωστά, πολύ σωστά τα λες. Παλιός Αιγινήτης

είμαι και κάτι ξέρω κι εγώ, στον κόλπο του Μαραθώνα ήρθε ο Καποδίστριας και του 'καναν τιμές και μεγαλεία.
- Ποιος είναι ο Καποδίστριας; ρώτησε ο Κλου.
- Ο πρώτος κυβερνήτης της Ελλάδας, του απάντησε ο Άγγελος.
- Τόσο παλιά είναι η Αίγινα; παραξενεύτηκε η Λίνα.
- Περισσότερο παλιά απ' ό,τι φαντόζεσαι, θα 'ναι 4.000 χρόνια πάνω κάτω, βιάστηκε να συνεχίσει ο Άγγελος, μη και τον διακόψει κανένας.

Είχε τόσα να τους πει...
Οι μητέρες κοιτάχτηκαν χαμογελώντας. Χαίρονταν τα παιδιά τους και τη ζωντάνια τους.
Ο Άγγελος συνέχισε μονορούφι.
- Πριν από τους Περσικούς Πολέμους γνώρισε χρόνια δόξας και πλούτου, κι εδώ κατασκευάστηκε και χρησιμοποιήθηκε για πρώτη φορά στην Ελλάδα το νόμισμα η «χελώνη». Κι όλοι οι Αιγινήτες, επειδή ο τόπος ήταν φτωχός, έγιναν έμποροι και πρόκοψαν στα ξένα.

Η Ζωή άκουγε προσεκτικά τον Άγγελο. Κάτι θυμήθηκε από τα χρόνια του σχολείου.
- Δωριείς δεν ήταν εδώ; τον ρώτησε.
- Βέβαια, Δωριείς, γι' αυτό και δεν τα πήγαιναν καθόλου καλά με την Αθήνα, μόλο που στη Σαλαμίνα πολέμησαν μαζί τους με γενναιότητα. Στο τέλος οι Αθηναίοι τους νίκησαν κοντά στην Κεκρυφάλεια, το σημερινό Αγκίστρι.
- Να το, έδειξε με το δάχτυλο ο σοφέρ, αυτό το νησάκι εκεί, και εδώ είναι κι ο Μαραθώνας.

Άκουγε και κείνος με πολύ ενδιαφέρον και χαμογελούσε συνέχεια μ' ένα καλοκάγαθο ύφος.

- Και τι έγιναν οι κακόμοιροι οι Αιγινήτες; φώναξε η Λίνα.
- Έπαθαν μεγάλη συμφορά... γκρέμισαν τα τείχη τους και τους ανάγκασαν να παραδώσουν τα πλοία και να πληρώσουν τεράστιο φόρο, 30 τάλαντα, και πλήρωνε η Αίγινα δεκαοχτώ χρόνια συνέχεια, ευτυχώς που ήταν τόσο πλούσιοι· αργότερα...
- Να το Μούντι, είπε η Βέρα, φτάνει, Άγγελε, για σήμερα, θα τα ζαλίσεις τα δύστυχα τα παιδιά, τα σχολεία έκλεισαν...
Όλοι γέλασαν, ο Άγγελος κάτι θέλησε να συμπληρώσει, αλλά όλοι τώρα είχαν την προσοχή τους στραμμένη αλλού.
Τα σπιτάκια του Μούντι ξεπρόβαλλαν σαν κύβοι από ζάχαρη. Και στην άκρη του κόλπου της Αιγινήτισσας, το ψαροχώρι της Πέρδικας στραφτάλιζε στον ήλιο.
- Είναι δυνατό να μην περάσουμε όμορφα σ' έναν τόπο με τόση πολλή ιστορία; είπε ο Κλου κοιτάζοντας τον Αλέξη μ' ένα πονηρό χαμόγελο.
- Και δε σας τα είπα όλα, πετάχτηκε πάλι ο Άγγελος, η Αφαία, ο ναός της...
- Φτάνει, φτάνει, Άγγελε, του φώναξαν όλοι μαζί.
Ο Αλέξης με την παλάμη τού έκλεισε το στόμα, η Λίνα θέλησε να του το τραβήξει και το αυτοκίνητο γέμισε φωνές και γέλια. Το καλοκαίρι άρχιζε...

Στο σπίτι του Καζαμία

Η άσφαλτος τελείωνε μπροστά στο Μούντι. Μπανγκαλόους χτισμένα πάνω σε μια κατηφορική πλαγιά, ανάμεσα σε παρτέρια γεμάτα λουλούδια. Ο σοφέρ κουβάλησε τις βαλίτσες της Βέρας ως την υποδοχή του ξενοδοχείου, τα παιδιά συμφώνησαν να βρεθούν σε λίγη ώρα στην πλαζ, και το ταξί συνέχισε πάνω σ' ένα χωματόδρομο, στενό, γιατί κι από τις δύο πλευρές του είχαν ρίξει λόφους από χαλίκι, σίγουρα για να συνεχιστεί η άσφαλτος. Διακόσια μέτρα πιο πέρα ο σοφέρ έστριψε δεξιά και κατέβηκε προς το μέρος της θάλασσας. Σε δύο λεπτά σταμάτησε μπροστά σ' ένα κάτασπρο φρεσκοασβεστωμένο σπίτι. Με το θόρυβο της μηχανής παρουσιάστηκε στην πόρτα ένας ψηλός άντρας, με γκρίζα μαλλιά και καλοσυνάτο πρόσωπο.

– Καλωσορίσατε, καλωσορίσατε, φώναξε στα παιδιά που πετάχτηκαν από το αυτοκίνητο.

Η Ζωή του έσφιξε το χέρι:

– Καλημέρα σας. Παιδιά, χαιρετήστε τον κύριο Καζαμία. Δώστε το χέρι σας.

Ο Κλου, πρώτος, πολύ θερμά, έδωσε το χέρι του, ο Αλέξης, μουτρωμένος, έκανε μια μικρή υπόκλιση, αλλά η Λίνα, περίεργη και βιαστική, ίσα ίσα που πέταξε ένα «γεια σας» και κατέβηκε δύο δύο τις σκάλες, σε μια αυλή

που τη σκέπαζε μια κληματαριά. Προχώρησε στην άκρη της κι αντίκρισε τη θάλασσα.
- Ω! Παιδιά, τρέξτε... τρέξτε, φώναξε λαχανιασμένη από τον ενθουσιασμό της.
Ο Κλου κι ο Αλέξης βρέθηκαν αμέσως κοντά της.
Μια τσιμεντένια, φαρδιά σκάλα κατέβαινε ως τη θάλασσα, μια θάλασσα γυαλί, καταπράσινη, με βαθιά πεντακάθαρα νερά.
Ο Κλου γύρισε και κοίταξε το φίλο του:
- Λοιπόν, τι λες; Γι' αρχή η έκπληξη δεν είναι και τόσο δυσάρεστη. Να που η Αίγινα έχει θάλασσα και μάλιστα πολύ ωραία.
Ο Αλέξης δεν απάντησε, με τη σιωπή του συμφώνησε απόλυτα με τον Κλου.
Η Ζωή που ήξερε καλά το σπίτι, μια κι είχε έρθει να το δει για να το νοικιάσει, μπήκε κατευθείαν μέσα. Έριξε μια γρήγορη ματιά νοικοκυράς και χάρηκε τα φρεσκοπλυμένα σεντόνια των κρεβατιών, την καθαριότητα των δωματίων. Σ' ένα βάζο, πάνω στο τραπέζι, με το κεντητό τραπεζομάντιλο, λίγα όμορφα λουλούδια. Συγκινήθηκε.
- Σίγουρα η γυναίκα σας, έτσι δεν είναι; ρώτησε τον Καζαμία. Πολύ ευγενικό εκ μέρους της. Μα πού είναι; Δε θα τη δούμε;
- Κατέβηκε στην Αίγινα για ψώνια, αλλά πείτε μου εμένα ό,τι θέλετε, να σας εξυπηρετήσω.
- Μα δε χρειαζόμαστε τίποτε, όλα είναι μια χαρά. Θ' ανοίξω τις βαλίτσες να συγυρίσω πρόχειρα τα πράγματα, αργότερα θα τα βάλω σε τάξη.
- Τότε να σας ψήσω έναν καφέ και να φάνε τα παιδιά κανένα φρούτο...

Δεν περίμενε απάντηση και πήγε στην κουζίνα.
Τα παιδιά μπήκανε και κείνα μέσα στο σπίτι και το τριγύρισαν παντού.
Η Λίνα μπροστά στο καθετί ξεφώνιζε από ενθουσιασμό. Στο ένα από τα δωμάτια υπήρχε ένα τεράστιο τζάκι, χτισμένο με κοκκινωπά τούβλα.
– Κρίμα, δε θ' ανάψουμε φωτιά, κάνει πολλή ζέστη, να ξανάρθουμε τα Χριστούγεννα.
– Λίνα, μας ζάλισες, δεν άρχισε το καλοκαίρι και πήδησες κιόλας στο χειμώνα. Πάμε να βάλουμε τα μαγιό μας, είπε ο Κλου.
Η Ζωή είχε ανοίξει τις βαλίτσες κι έβγαζε τα ρούχα, κρεμούσε όπως όπως τα φορέματα ή τ' άπλωνε στις καρέκλες.
– Να τα μαγιό σας, φώναξε στα παιδιά, το δωμάτιο το δικό σας είναι το άλλο, τούτο είναι το δικό μου και του πατέρα, για σας θα 'ναι πιο βολικά, θα μπορείτε να μπαινοβγαίνετε πιο εύκολα, χωρίς να μας ενοχλείτε, γιατί έχει μια πίσω πόρτα, στη βεράντα σας.
– Σπουδαία, φώναξε η Λίνα, θα μπορούμε να το σκάμε τις νύχτες και να τριγυρνάμε στα βουνά, όπως έκανες κι εσύ μικρή, με τη θεία Ειρήνη.
Η Ζωή της έριξε μια ψευτοθυμωμένη ματιά και συνέχισε το συγύρισμά της.
Σε λίγο όλοι τους, με το νοικοκύρη, κάθονταν στις πολυθρόνες της αυλής, με τους πολλούς βασιλικούς και τα γεράνια. Έτοιμοι για μπάνιο, έπιναν καφέ και έτρωγαν σύκα, πρώιμα σύκα, από το κτήμα του Καζαμία.
– Όχι πολλά, παιδιά, μην ξεχνάτε πως θα κάνετε μπάνιο, άλλωστε θα 'πρεπε να πηγαίνουμε, οι Καρυώτη θα

μας περιμένουν, τα κορίτσια θ' ανυπομονούν.
Σηκώθηκαν.
- Ευχαριστούμε, είπαν με μια φωνή.
- Να πάρετε το μονοπάτι μέσα απ' το χωράφι, κόβετε δρόμο, κι αμέσως θα βρεθείτε στο Μούντι.
Ο Καζαμίας τους ξεπροβόδισε μέχρι την πόρτα και τους έδειξε με το χέρι το στενό αγκαθωτό δρομάκι.
- Και προσοχή στις τσουκνίδες, κυρία Καρά.
Προχωρούσαν ο ένας πίσω από τον άλλο, και τα δύο αγόρια πιο πίσω.
- Και τώρα τι γίνεται; ρώτησε ο Αλέξης τον Κλου. Κι αν είναι αντιπαθητικές, τι θα τις κάνουμε; Θα είμαστε α-ναγκασμένοι να τις κάνουμε παρέα, μια κι οι μητέρες μας είναι φίλες.
- Άσε πρώτα να τις γνωρίσουμε, κι ύστερα γκρινιά-ζεις. Το σπίτι είναι πολύ ωραίο, η θάλασσα θαυμάσια, προς το παρόν η Αίγινα βγαίνει ίσα, δηλαδή... πώς το λέ-νε, το ίδιο δυνατή... όχι... δηλαδή... ουφ, βρες μου τη λέ-ξη.
- Ισόπαλη θέλεις να πεις, κι ο Αλέξης γέλασε με τη φούρκα του Κλου, που δεν έβρισκε τη σωστή έκφραση.
Σε δύο λεπτά βρεθήκανε στην αμμουδιά του Μούντι. Εδώ η θάλασσα ήταν διαφορετική, ρηχά νερά, κάμποσα φύκια, αλλά με ψιλή κοσκινισμένη άμμο, με ομπρέλες και αναπαυτικά πολυθρονάκια. Πιο πάνω από την αμμουδιά είχε γρασίδι και στην άκρη του το εστιατόριο του ξενοδο-χείου με πολλά τραπέζια και πολύχρωμα τραπεζομάντιλα.
Η Ζωή στάθηκε και κοίταξε γύρω της. Είχε αρκετό κό-σμο. Περασμένες δέκα και πολλοί ένοικοι παίρναν ακόμη

το πρωινό τους. Άλλοι έπαιζαν τάβλι, κι άλλοι, ιδίως γυναίκες και παιδιά, κολυμπούσαν.
- Μαμά, η Λίνα τράβηξε τη μητέρα της από το χέρι, με τι μοιάζει η κυρία Καρυώτη; Να σου τη βρω εγώ.
- Δε θα κατέβηκε ακόμη, το σπίτι τους είναι λίγο πιο πάνω, θα πεταχτώ. Εσείς περιμένετέ με εδώ, μην κουνήσετε, δε θ' αργήσω, θα σας φέρω τα κορίτσια να τα γνωρίσετε.
Γύρισε την πλάτη της και με βιαστικό βήμα προχώρησε στο δρομάκι που ανέβαινε την πλαγιά. Δεν πρόλαβε να δει τα χείλια του Αλέξη που ζωγράφισαν ένα έκδηλο πφ... γεμάτο περιφρόνηση.
Ο Κλου, όμως, τούτη τη φορά φουρκίστηκε για τα καλά με το φίλο του:
- Είσαι ανυπόφορος. Τι έχεις, τέλος πάντων; Τι σου έκαναν τα κορίτσια πριν ακόμη τα γνωρίσεις;
- Τα κορίτσια, προς το παρόν, δε μου 'καναν τίποτε, η μαμά όμως με νευριάζει. Θέλει πάντα να κανονίζει κάθε λεπτομέρεια της ζωής μας. «Θα σας πάω στην Αίγινα», «θα γίνετε φίλοι με τα κορίτσια των Καρυώτη», «θα κολυμπάτε κάθε μέρα μαζί», «θα κάνετε τούτο», «θα κάνετε τ' άλλο». «Μην κουνήσετε». Βαρέθηκα. Νομίζω πως είμαστε αρκετά μεγάλοι πια για να 'χουμε το δικαίωμα να διαλέγουμε μόνοι μας τους φίλους μας και να φροντίζουμε για την ψυχαγωγία μας. Δε νομίζεις;
Το πρόσωπο του Κλου πήρε μια σοβαρή έκφραση:
- Έχεις δίκιο. Η μαμά σου σίγουρα έχει το χαρακτήρα της, της αρέσει να συγυρίζει τις ζωές των άλλων, αλλά συχνά τα καταφέρνει θαύμα. Αν δεν είχε αποφασίσει για μας, τότε που ήμαστε έξι χρονών, θυμάσαι, στο Παρίσι,

25

δε θα πήγαινε να βρει τη μαμά μου, δε θα με προσκαλούσε σπίτι σας, δε θα επέμενε και σήμερα δε θα 'μασταν φίλοι.

Σταμάτησε για λίγο· έμοιαζε συγκινημένος. Δύο κορίτσια πέρασαν μπροστά τους, κοντοστάθηκαν, άπλωσαν μια πολύχρωμη πετσέτα λίγο πιο κει και κάθισαν, συνεχίζοντας μια αρχινισμένη κουβέντα. Η Λίνα τσαλαβουτούσε τα πόδια της στη θάλασσα, ανυπόμονη να φτάσει η ώρα να βουτηχτεί.

Ο Κλου συνέχισε:

– Εγώ την ευγνωμονώ γι' αυτή τη σιγουριά της, μεγαλώσαμε μαζί και κάθε καλοκαίρι έρχομαι στην Ελλάδα και περνώ παραμύθι διακοπές. Κανένας φίλος μου στο Παρίσι δεν έχει τέτοια τύχη.

Με τα λόγια του Κλου, ο θυμός του Αλέξη διαλύθηκε. Κοίταξε το φίλο του. Τα σγουρά ξανθά μαλλιά του χρύσιζαν στο φως του ήλιου. Τον θυμήθηκε μικρό, εφτά οχτώ χρονών, σε κάποια άλλη πλαζ, να χτίζουνε μαζί πύργους στην άμμο, και η καρδιά του πλημμύρισε από τρυφερότητα.

– Ίσως να 'χεις δίκιο, αλλά δε λένε παραμύθι διακοπές. Παραμυθένιες διακοπές.

Τα δύο αγόρια γέλασαν.

– Ας καθίσουμε τότε κι ας περιμένουμε, είπε ο Αλέξης με καλή διάθεση, κι ας παίξουμε ένα παιχνίδι: να φανταστούμε πώς θα 'ναι οι δεσποινίδες Καρυώτη: ψηλές, κοντές, ασχημομούρες;

Ο Κλου έκλεισε τα μάτια του κι έκανε πως σκέφτεται:

– Θα είναι η μια ψηλή σαν γίγας και η άλλη νάνος.

– Άσε τις σαχλαμάρες, φώναξε ο Αλέξης. Σοβαρά να πούμε, για να δούμε ποιος θα πέσει λιγότερο έξω στην περιγραφή. Εγώ λέω πως η Ράνια θα 'χει μέτριο ανάστημα και για να 'ναι πρώτη στο σχολείο, όπως μου είπε η μαμά μου, θα φοράει γυαλιά, ίσως ν' αλληθωρίζει λίγο, σχολαστική και ασουλούπωτη. Η Σόφη θα είναι λίγο καλύτερη, ψηλή, με ύφος μοιραίο, θα κοιτάει τ' αγόρια αφ' υψηλού, άλλωστε είναι και πιο μεγάλη, σαν και μας, δεκατεσσάρων χρονών. Εσύ τι λες;

– Ω, με παραζάλισες με το παιχνίδι σου, θα 'ναι όπως θα 'ναι.

Χαμήλωσε τη φωνή του και σχεδόν ψιθυριστά είπε στον Αλέξη:

– ... και μη φωνάζεις, κοίταξε αυτές τις δύο που ακούσανε και χασκογελάνε.

Ο Αλέξης γύρισε και κοίταξε τα δύο κορίτσια πάνω στην πολύχρωμη πετσέτα. Οι ματιές τους συναντήθηκαν. Η μια, η μεγαλύτερη, είχε μακριά καστανόχρωμα μαλλιά ριγμένα πάνω στους ώμους, η άλλη είχε κάτι τεράστια μάτια, καταγάλανα, που εντυπωσίασαν τον Αλέξη. Κι οι δύο τους, τώρα, φανερά γελούσαν, σαν να κοροϊδευαν τα δύο αγόρια.

«Καρακάξες» σκέφτηκε ο Αλέξης. «Τι γελάνε έτσι κουτά;»

Σηκώθηκε απότομα:

– Πάμε να βουτήξουμε;

Ο Κλου τον ακολούθησε ενοχλημένος κι αυτός από τα γέλια των κοριτσιών. Πέρασαν μπροστά τους, δείχνοντας τέλεια αδιαφορία, αλλά σταμάτησαν απότομα, όταν άκουσαν τη φωνή της μιας:

– Σταθείτε μια στιγμή, τους μιλούσε η μικρή με τα γαλανά μάτια και τις μακριές βλεφαρίδες. Για τις Καρυώτη μιλάτε; Τις ξέρουμε, μένουν λίγο πιο πάνω, εμείς να σας πούμε πώς είναι.

Και σκάσανε κι οι δύο πάλι στα γέλια. Η άλλη τώρα με τα γυαλιά συνέχισε:
- Η μεγάλη, η Σόφη, είναι καμπούρα και η Ράνια κουτσαίνει, γιατί έχει ένα ξύλινο πόδι.

Ο Κλου δε μίλησε, ο Αλέξης όμως φουρκίστηκε:
- Δε σας ζητήσαμε να μας πείτε πώς είναι.

Εκείνη τη στιγμή κατέβαινε από το δρομάκι η Ζωή με μια ψηλή κυρία, που φορούσε ένα πράσινο μπουρνουζένιο φουστάνι. Ήταν μόνες. Τ' αγόρια τρέξαν προς τα κει, ευχαριστημένα που ξεφεύγαν από τα κοροϊδευτικά γέλια των κοριτσιών.

- Ζωή, φώναξε ο Κλου –πάντα τη φώναζε με το μικρό της όνομα, από μικρό παιδί– πού είναι τα κορίτσια;
- Ελάτε να σας γνωρίσω την κυρία Καρυώτη. Σάσω, να τ' αγόρια μου, ο Αλέξης και ο Κλου.

Τα δύο παιδιά χαιρέτησαν την κυρία κι ο Κλου ξαναρώτησε:
- Πού είναι τα κορίτσια;

Η Σάσω έριξε μια ερευνητική ματιά:
- Μα κατέβηκαν, δεν είναι πολλή ώρα, κάπου στην πλαζ θα βρίσκονται. Α, να τες, εκείνες οι δύο που μιλάνε...

Τ' αγόρια γύρισαν το κεφάλι να κοιτάξουν. Δεν υπήρχε περίπτωση να γελαστούν. Το δάχτυλο της κυρίας Καρυώτη έδειχνε καθαρά τα δύο κορίτσια που κάθονταν πάνω στην πολύχρωμη πετσέτα.

Και των δύο αγοριών τα πρόσωπα αναψοκοκκίνισαν, φούντωσαν μέχρι τ' αυτιά.

Η Ζωή πρόσεξε την ταραχή τους και ρώτησε περίεργη:
- Μα, τι συμβαίνει;
Ο Αλέξης δε μίλησε, ο Κλου προσπάθησε κάτι να πει:
- Τίποτε, τίποτε, δηλαδή τις είδαμε... αλλά δεν ξέραμε... και μας μίλησαν, αλλά εμείς επειδή νομίζαμε, δεν καταλάβαμε και... δηλαδή τίποτε.
- Κλου, κινέζικα μιλάς; Τι δεν ξέρατε, τι δεν καταλάβατε;
Ο Αλέξης δεν τον άφησε ν' απαντήσει, τον τράβηξε απότομα από το χέρι:
- Εμείς πάμε να κολυμπήσουμε και, χωρίς να περιμένει άλλο, άρχισε να τρέχει προς τη θάλασσα.
Ο Κλου, για μια στιγμή, δίστασε, αλλά τον ακολούθησε κι αυτός τρέχοντας. Οι δύο γυναίκες κοιτάχτηκαν με κάποια έκπληξη. Η Ζωή, κάπως πειραγμένη με το φέρσιμο των αγοριών, θέλησε να τα δικαιολογήσει:
- Ξέρεις, Σάσω μου, τ' αγόρια είναι συνήθως πολύ ευγενικά, δεν καταλαβαίνω τι τους έπιασε ξαφνικά.
Η φίλη της γέλασε:
- Μη στενοχωριέσαι, παιδιά είναι, ίσως και να ντρέπονται, σ' αυτή την ηλικία τ' αγόρια ξαναγίνονται ντροπαλά. Ας τους αφήσουμε, μόνοι τους θα πιάσουν φιλία. Πάμε να πιούμε το καφεδάκι μας, βιάζομαι να δω και τη Βέρα, χρόνια έχω να τη δω, από τότε που φύγαμε για τη Θεσσαλονίκη, πώς είναι ο Άγγελος;
Οι δύο γυναίκες κατέβηκαν το δρομάκι, διασχίσανε το φρεσκοποτισμένο γρασίδι και πήγανε να καθίσουν στη σκιά, στη βεράντα του εστιατορίου.
Ο Αλέξης κι ο Κλου μαζί με τη Λίνα κολυμπώντας φτάσανε ως το άσπρο γιοτ που ήταν αγκυροβολημένο λίγο

στ' ανοιχτά του Μούντι. Πιάστηκαν από τη χοντρή αλυσίδα της άγκυρας. Μέχρι εκείνη τη στιγμή δεν είχαν πει κουβέντα.
- Και τώρα, ρώτησε ο Κλου, τι θα γίνει; Τα κάναμε μουσκίδι.
- Μουσκίδι; Τι θέλεις να πεις, κακόμοιρε Κλου μου, ότι είμαστε μούσκεμα; Ε, φυσικά, μια και κολυμπάμε, τον πείραξε η Λίνα που δεν ήξερε τι είχε συμβεί.
- Πάψε εσύ, δεν ξέρεις, της απάντησε ο Αλέξης ξεφυσώντας το νερό από τη μύτη του.
- Τι δεν ξέρω; Κι αν δεν ξέρω, ας μάθω.
- Ας της εξηγήσουμε, είπε ο Κλου και άρχισε να της εξηγεί τι έγινε..., και τώρα πώς τα μπαλώνουμε;
Ο Αλέξης φουρκίστηκε πάλι:
- Τι να μπαλώσουμε, είναι καρακάξες και σαχλές, ποιος θα μας αναγκάσει να κάνουμε παρέα μαζί τους;
- Σαχλαμάρες, φώναξε η Λίνα, γιατί καρακάξες, ποιος άρχισε πρώτος να μιλάει; Και τι φταίνε, αν ακούσανε; Εγώ θα πάω να τις βρω, και τώρα αμέσως.
- Έχει δίκιο η Λίνα, εμείς φταίμε, άσ' τη να πάει να τις βρει, είναι διάολος και θα τις τουμπάρει.
- Κάνετε ό,τι θέλετε, εμένα πάντως δε μου κάνουν κέφι για παρέα. Πάμε τώρα, θα 'χει κατέβει ο Άγγελος και θα μας ψάχνει.

Τα τρία παιδιά άρχισαν να κολυμπάνε προς την αμμουδιά, η Λίνα με τα βατραχοπέδιλά της κολυμπούσε γρήγορα κι ακολουθούσε χωρίς κόπο.

Όταν φτάσανε, τους βρήκαν όλους μαζεμένους κάτω από μια ομπρέλα· η Βέρα μιλούσε με τη Σάσω και τη Ζωή,

τα κορίτσια είχανε πιάσει κουβέντα με τον Άγγελο.
- Α, να τα παιδιά, φώναξε η Ζωή, ελάτε να γνωριστείτε με τα κορίτσια.

Η Λίνα, ξεσηκώνοντας την άμμο με τα βατραχοπέδιλά της, έτρεξε προς τα κει χωρίς να περιμένει συστάσεις, έσφιξε τα χέρια των δύο κοριτσιών που σηκώθηκαν.
- Ποπό! Πολύ μεγάλες είστε για μένα, πώς θα μου κάνετε παρέα;

Η Σόφη και η Ράνια γέλασαν και με μια κίνηση χάιδεψαν το βρεμένο κεφάλι της Λίνας.

Αδέξια τα δύο αγόρια στέκονταν παράμερα· ο Κλου για λίγα δευτερόλεπτα δίστασε, αλλά ύστερα προχώρησε κι άπλωσε το χέρι του.
- Ας γνωριστούμε, τους είπε με ύφος επίσημο.

Τα κορίτσια δε γελούσαν, είχαν πάρει μια έκφραση σοβαρή. Είπαν ένα «χαίρω πολύ» μασημένο. Ο Αλέξης έκανε δύο βήματα, σταμάτησε, έσκυψε το κεφάλι και κάτι μουρμούρισε που κανένας δεν άκουσε.

Οι μητέρες συνέχισαν την κουβέντα τους χωρίς να δίνουν σημασία στα παιδιά και χωρίς να προσέξουν την αμηχανία τους.

Μιλούσε η Σάσω:
- Μα δεν ξέρετε πόσο νοσταλγούσα την Αθήνα, όσο κι αν είναι όμορφη η Θεσσαλονίκη. Καταλαβαίνετε, λοιπόν, τη χαρά μου, όταν κατάφερε ο Βύρων να τον μεταθέσουν.
- Και τι σύμπτωση να βρεθούμε κι οι τρεις στην Αίγινα, είπε η Βέρα. Εκεί που νόμιζα πως θα ήμουν μόνη... Τυχερό θα είναι το καλοκαίρι μου. Και για τον Άγγελο, που θα 'χει παρέα τα παιδιά σας.

Γύρισε το κεφάλι να κοιτάξει το γιο της. Δε συζητούσε

πια, διάβαζε, ξαπλωμένος πάνω στο γρασίδι. Η Ράνια κι η Σόφη κάτι λέγανε με τη Λίνα, ο Κλου με το πόδι του χάραζε γεωμετρικά σχέδια πάνω στην άμμο, κι ο Αλέξης, καθισμένος σε μια πολυθρόνα, κοιτούσε πέρα μακριά, αφηρημένος.
- Μα δε μου φαίνονται και πολύ κεφάτα, συνέχισε η Βέρα. Τι έχουν;
Οι δύο φίλες της γύρισαν και κείνες το κεφάλι. Το θέαμα ήταν αποκαρδιωτικό.
Η Ζωή σηκώθηκε. Πήγε κοντά τους:
- Τι είδους παρέα είναι αυτή που κάνετε, γιατί δεν κολυμπάτε; Παίξτε ρακέτες, γνωριστείτε τέλος πάντων.
Τα κορίτσια δε μίλησαν, ο Αλέξης σηκώθηκε:
- Εγώ θα πάω να βουτήξω.
- Μόνος σου; τον μάλωσε σχεδόν η Ζωή.
- Γιατί, μαμά, φοβάσαι μην πνιγώ;
- Ξέρεις, Αλέξη, του φώναξε η Λίνα, η Ράνια μου είπε πως το σκάφος εκείνο είναι δικό τους, θα κάνουμε σπουδαίες βόλτες...
- Δε μ' αρέσουν τα καΐκια, της απάντησε ο Αλέξης.
- Δεν είναι καΐκι, είπε η Σόφη θιγμένη, είναι μικρό γιοτ.
- Το ίδιο κάνει..., μουρμούρισε ο Αλέξης.
Η Ζωή νευρίασε:
- Μα τέλος πάντων, Αλέξη, τι συμβαίνει;
- Τίποτε, μαμά, απλούστατα βαριέμαι.
Τα δύο κορίτσια τον κοίταξαν και μέσα στα μάτια τους άστραψε ο θυμός. Ο Κλου συνέχιζε να φτιάχνει σχέδια πάνω στην άμμο, σαν να ήταν η προσοχή του όλη συγκεντρωμένη σ' αυτά.

Η Λίνα θέλησε να εξηγήσει, αλλά η Σόφη της έσφιξε δυνατά το χέρι.

Η Ζωή κάθισε κοντά στα κορίτσια:
– Από το Σάββατο είμαι σίγουρη πως δε θα βαριέστε πια. Θα 'ρθει μια καταπληκτική κοπέλα, ένας άνθρωπος εξαιρετικός, που θα μας διασκεδάσει όλους.

– Ξέρω, ξέρω, πετάχτηκε η Λίνα, λες για τη Νικόλ, είναι θαύμα, θα τα περάσουμε μαζί της καταπληκτικά. Καταπληκτικά σου λέω, Ράνια μου, είναι μια μάγισσα από το Παρίσι..., θα δεις, Σόφη, θα δεις, ξέρει ένα σωρό παιχνίδια κι όλο έχει κέφια, θα 'ρθει με τον μπαμπά το Σάββατο και θα τη δείτε, θα μείνει σπίτι μας.

Τα κορίτσια σάστισαν με τον ενθουσιασμό της μικρής και σχεδόν μαζί ρώτησαν απορημένα:
– Μα ποια είναι αυτή η Νικόλ;

Η Νικόλ

Ήταν είκοσι έξι χρονών. Τα μαύρα της μαλλιά τα 'χε κομμένα πολύ κοντά, κι έμοιαζε με αγόρι. Τα μάτια της, τεράστια, πέταγαν σπίθες, πίσω από κάτι ολοστρόγγυλα μεγάλα γυαλιά. Με την ανασηκωμένη της μυτούλα, το γεροδεμένο της κορμί, η Νικόλ ακτινοβολούσε κέφι και ζωντάνια. Ο πατέρας της ήταν Έλληνας, είχε παντρευτεί Γαλλίδα και ζούσαν στο Παρίσι από χρόνια. Όταν ήταν μικρή, η Νικόλ κάθε καλοκαίρι ερχόταν με τους γονείς της στην Ελλάδα για διακοπές. Είχαν πολλούς φίλους και συγγενείς. Όταν μεγάλωσε κι όταν δεν μπορούσαν οι δικοί της να τη συνοδέψουν, ερχόταν μόνη της. Στο αεροδρόμιο την περίμεναν πάντα αγαπημένα πρόσωπα. Ήταν πολύ φίλη με τη μητέρα του Κλου, την όμορφη Ζακελίν, και φυσικά με τη Ζωή, που την ένιωθε καλύτερα κι από μεγάλη αδερφή. Είχε τελειώσει σπουδές ψυχολογίας, ήθελε να βρει δουλειά σε σχολείο για να διδάξει, της άρεσε πολύ αυτό το επάγγελμα, προσωρινά όμως εργαζόταν κοντά σ' ένα μεγάλο ψυχίατρο, τον καθηγητή Σπακ, γνωστό του πατέρα της. Έκανε χρέη γραμματέως, αλλά τα είχε καταφέρει να γίνει πολύτιμος βοηθός του. Η εξυπνάδα της, η πρωτοβουλία της, είχαν κάνει το γιατρό Σπακ να την εκτιμήσει ιδιαίτερα, και μάλιστα να την παροτρύνει να κάνει καινούριες σπουδές ψυχιατρικής. Η Νικόλ δεν το είχε αποφασίσει ακόμη, αν και ήταν ενθουσιασμένη από τη δουλειά της κι ενδιαφερόταν για όλες τις περιπτώσεις του γιατρού Σπακ. Τώρα ερχόταν για διακοπές στην αγαπημένη της Ελλάδα, την πατρίδα της, κι ας τη φώναζαν όλοι: η Παριζιάνα. Μιλούσε ελληνικά με έντονη ξενική προφορά. Ο τρόπος που ντυνόταν, η ιδιόμορφη προσωπικότητά της, την έκαναν να ξεχωρίζει από τις άλλες Ελληνίδες. Βέβαια, μόλις τη γνώριζε κανείς από κοντά, από τις ζωηρές κινήσεις των χεριών και τον αυθορμητισμό της, εύκολα καταλάβαινε πόσο Ελληνίδα ήταν. Από τη μητέρα της είχε πάρει τη γαλατική ευγένεια που έκανε όλους να τη θαυμάζουν.

Ανυπόμονη, κάθε λίγο σηκωνόταν από τη θέση της κι έβγαινε στο κατάστρωμα να δει αν επιτέλους πλησίαζαν. Μόλις χτες είχε φτάσει στην Αθήνα. Σήμερα, Σάββατο, είχε πάρει το «Καμέλια» με τον Αλέξανδρο, τον άντρα της Ζωής, και το φίλο του το Βύρωνα Καρυώτη. Πήγαινε στην Αίγινα να συναντήσει τα παιδιά και τη Ζωή. Πέρσι είχε μείνει μαζί τους στον Πόρο.

Ανυπόμονη, ασυγκράτητη, κάθε τόσο κοιτούσε το ρολόι της.

– Πότε θα φτάσουμε επιτέλους; ρώτησε τον Αλέξανδρο που μιλούσε με τον κύριο Καρυώτη.

Γέλασαν κι οι δύο τους με το παιδικό χαριτωμένο της ύφος.

– Νικολέτ, δεν άλλαξες καθόλου, είσαι πάντα το ασυγκράτητο κοριτσάκι που μας έπεφτες σαν φωτοβολίδα κάθε φορά που ερχόσουν στην Ελλάδα. Θα φτάσουμε. Πόσες φορές με ρώτησες; Θα φτάσουμε ακριβώς σε 20 λεπτά.

Άλλωστε, κοίτα και μόνη σου, η Αίγινα είναι μπροστά μας.

Ο Αλέξανδρος Καράς ήξερε τη Νικόλ από μωρό και της είχε μεγάλη αδυναμία. «Η Νικόλ κι ο Κλου είναι τα δύο παιδιά που ευχαρίστως θα υιοθετούσα» έλεγε και ξανάλεγε. Ήταν χειρούργος κι έστελνε την οικογένειά του να παραθερίσει σε κοντινό νησί, για να μπορεί να πηγαίνει τα Σαββατοκύριακα να τους βλέπει και να ξεκουράζεται. Φέτος ήταν ιδιαίτερα ευχαριστημένος, γιατί θα είχε συντροφιά το φίλο του το Βύρωνα Καρυώτη, που ζούσε από δω και κάμποσα χρόνια στη Θεσσαλονίκη. Ξανάβρισκε την ευχάριστη συντροφιά του. Ο Βύρων είχε ένα μικρό σκάφος κι άρεσε και στους δύο το ψάρεμα. Θα πήγαιναν μαζί πριν ο ήλιος φέξει, και τ' απόγευμα, όταν θα δρόσιζε, θα έπαιζαν σκάκι ή θα συζητούσαν.

– Βιάζομαι, βιάζομαι. Καημένε Αλέξανδρε, ίδιος είσαι, όπως σε θυμάμαι από τα παιδικά μου χρόνια, απαθής, ήρεμος, λες κι είσαι κανένας γεροφιλόσοφος, γέλασε τσαχπίνικα. Θυμάσαι που σε φώναζα γεροπαππού; Αλλά, τώρα, όλο και πιο νέος γίνεσαι.

Ο Βύρων γελούσε με τα πειράγματα της Νικόλ.

– Αλήθεια, τη ρώτησε ο Αλέξανδρος, πες μου, γιατί στα γράμματά σου επέμενες τόσο πολύ ν' αλλάξουμε νησί και να πάμε στην Αίγινα; Σχεδόν μας επηρέασες.

– Και βέβαια ήθελα να σας επηρεάσω. Θα σου πω όμως το γιατί, μόνο όταν φτάσουμε. Υπομονή. Άλλωστε, κι αν πηγαίναμε αλλού, εγώ θα 'ρχόμουν οπωσδήποτε στην Αίγινα, τουλάχιστο για λίγες μέρες, έχω τους λόγους μου.

– Πολύ μυστηριώδης μου είσαι, δεσποινίς, και μην το παίρνεις επάνω σου, στην Αίγινα ήρθαμε φέτος γιατί έχει το σπίτι του ο Βύρων, ένα λυόμενο καταπληκτικό, θα το δεις, δύο λεπτά από το δικό μας. Λοιπόν, κοντά στο βασιλικό ποτίζεται κι η γλάστρα.

– Πάψε να με πειράζεις, δεν είμαι πια παιδί, εργάζομαι και κερδίζω το ψωμί μου και τη μαρμελάδα μου!

– Και τι δουλειά κάνετε, δεσποινίς; τη ρώτησε ο Βύρων Καρυώτης.

– Πρώτα, μη με λέτε δεσποινίς, αλλά σκέτη Νικόλ, δεύτερον, είμαι ψυχολόγος και σας βρίσκω πολύ αμίλητο. Ποια σκέψη σας απασχολεί, ή είστε πάντα τόσο λίγο φλύαρος;

– Ε, όχι, καμιά φορά μιλώ, όταν φυσικά μ' αφήνουν οι άλλοι να μιλήσω, της απάντησε με μια καλόκαρδη ειρωνεία ο Βύρων.

– Έτσι μπράβο, Νικόλ ψυχολόγε μου, καλά σου απάντησε, την κορόιδεψε ο Αλέξανδρος.

Η Νικόλ όμως ούτε τον πρόσεξε:

– Μπαίνουμε στο λιμάνι, πάμε, ας κατεβούμε πριν μαζευτεί στην πόρτα πολύς κόσμος. Να, το λέει και το μεγάφωνο, όσοι είναι να κατεβούν να είναι έτοιμοι, το πλοίο ξαναφεύγει αμέσως.

– Αχ, τι πάθαμε, χειρότερη κι από τη Λίνα είσαι, είπε ο Αλέξανδρος και σηκώθηκε. Έλα, Βύρων, γιατί θα μας τρελάνει η Νικόλ μας.

Στην προκυμαία, μισή ντουζίνα παιδιά ήταν παραταταγμένα πίσω από το καγκελόφραγμα της προβλήτας και περίμεναν. Ο Άγγελος, πιο ψηλός απ' όλους, ο Αλέξης με τον Κλου και τη Λίνα, και λίγο παράμερα η Σόφη με τη Ράνια, που περίεργες προσπαθούσαν να μαντέψουν ποια απ' όλες τις επιβάτισσες θα μπορούσε να ήταν η περίφημη

Νικόλ, που με τόση ανυπομονησία περίμεναν όλοι.
- Να, να ο μπαμπάς, φώναξε ξαφνικά η Ράνια, να κι ο μπαμπάς σου, Λίνα.
- Τότε, είπε η Σόφη, η Νικόλ θα είναι εκείνη η κοντή, η στρογγυλοπρόσωπη, που πηδάει σαν κατσίκι.
Ο Αλέξης την κοίταξε φουρκισμένος, κάτι θέλησε να της πει, αλλά συγκρατήθηκε. «Αυτή η αφ' υψηλού μου κάνει πολύ την έξυπνη, θα της τα πω μαζεμένα καμιά μέρα» σκέφτηκε.
Η Λίνα έτρεξε κι έπεσε στην αγκαλιά του πατέρα της κι ύστερα κρεμάστηκε στο λαιμό της Νικόλ.
- Νικολέτ μου, Νικολέτ μου.
Ποιον να πρωτοφιλήσει η Νικόλ; Μιλούσαν όλοι μαζί, γελούσαν. Τα κορίτσια μόνο στέκαν πιο κει, πλάι στον πατέρα τους, που χαμογελούσε με το θέαμα του γενικού ενθουσιασμού.
- Νικόλ, να σου γνωρίσω και τις κόρες του Βύρωνα, τη Σόφη και τη Ράνια.
Σφίξαν τα χέρια. Η Νικόλ ρώτησε:
- Πού είναι η Ζωή;
Η Λίνα της απάντησε:
- Είναι στο μπακάλικο, ψωνίζει με τη Σάσω, πάμε να τις βρούμε.
- Πάμε, είπε ο Αλέξανδρος και ξεκίνησαν φορτωμένοι με τις βαλίτσες, μιλώντας ζωηρά και χαρούμενα.
- Αχ, Νικολέτ μου, ευτυχώς που έφτασες, της ψιθύρισε στο αυτί ο Αλέξης, βαριέμαι φοβερά στην Αίγινα.
- Και γιατί βαριέσαι; τον ρώτησε περίεργα η Νικόλ.
- Δεν έχουμε παρέες σαν πέρσι...
- Και τα κορίτσια του κυρίου Καρυώτη, τι είναι;

- Ω, αυτές βράσ' τες, είναι σαχλές και περήφανες.
Η Νικόλ γύρισε και τις κοίταξε προσεχτικά, περπατούσαν λίγο πιο πίσω και μιλούσαν με τον Άγγελο.
- Μου φαίνονται πολύ συμπαθητικά κορίτσια, γιατί το λες αυτό;
Ο Κλου άκουγε:
- Ασ' τον να λέει, γρουσούζεψε τελευταία, γκρινιάζει γιατί δεν πήγαμε και φέτος στον Πόρο.
- Εγώ, αντίθετα, είμαι ενθουσιασμένη και θα σας πω το γιατί μόλις φτάσουμε στο σπίτι.
Τα δύο αγόρια γνώριζαν καλά τη φίλη τους. Κάτι πάλι θα 'χε στο μυαλό της, κανένα καλοκαιριάτικο σχέδιο, σαν πέρσι που τους είχε βάλει να φτιάξουνε μια πλαζ αληθινή στο λιμανάκι τους, που είχε μόνο πέτρες και φύκια...
Η Λίνα κοντά στον πατέρα της έλεγε, έλεγε, ροδάνι η γλώσσα της.
Σταμάτησαν μπροστά στο μεγάλο παντοπωλείο. Την ίδια στιγμή έβγαιναν φορτωμένες η Σάσω με τη Ζωή. Άλλα φιλιά κι αγκαλιάσματα. Γνώρισαν τη Νικόλ στη Σάσω και ξεκίνησαν για την Αιγινήτισσα με δύο ταξί.

Κάτω από την κληματαριά

Τι όμορφα που ήταν κάτω από την κληματαριά! Είχε δροσιά, κι ας ήταν κοντά μεσημέρι, άλλωστε δεν έκανε και τόση ζέστη, φυσούσε ένα αεράκι που ρυτίδωνε απαλά τη θάλασσα. Η όμορφη Δέσπω, η γυναίκα του Καζαμία, είχε ψήσει καφέ και τους είχε φέρει παγωμένο νερό.

– Σας ετοιμάζω ένα μουσακά για το μεσημέρι, είχε πει, ελπίζω ν' αρέσει στη δεσποινίδα Νικόλ.

Η Δέσπω, πάντα καλόκαρδη και γελαστή, ήταν μια τέλεια νοικοκυρά και μια περίφημη μαγείρισσα. Τα παιδιά από την πρώτη μέρα την είχαν αγαπήσει και της κάναν πολλές χαρές, ιδίως η Λίνα, που έτρωγε λίγο, αλλά της ά- ρεσαν οι λιχουδιές. Τα κορίτσια με το Βύρωνα και τη μητέρα τους είχαν σταματήσει στο σπίτι τους, μόνο η Βέρα με τον Άγγελο είχαν ακολουθήσει την παρέα.

Έτσι τώρα, καθισμένοι όλοι, μικροί και μεγάλοι, στις πολυθρόνες και στις καρέκλες της αυλής, άκουγαν τη Νικόλ να μιλάει και να τους λέει τα νέα του Παρισιού, των δικών της...

– Κλου, έχεις πολλά φιλιά από τη μαμά σου, άλλωστε η Ζακελίν στέλνει δώρα για όλους, δεν ξέχασε κανένα, θα σας τα δώσω όταν ανοίξω τις βαλίτσες μου, ή θέλετε τώρα;

– Τώρα, Νικολέτ μου, φώναξε η Λίνα και πετάχτηκε από το κάθισμά της.

- Όχι, αργότερα, παιδιά, αφήστε τη Νικόλ να πάρει ανάσα και να πιει τον καφέ της, είπε η Ζωή, που της άρεσε πάντα το καθετί να 'ρχεται στην ώρα του.
- Ε, τότε λέγε μας, Νικόλ, λέγε, πώς ήταν το ταξίδι σου; ρώτησε ο Κλου.
- Περίφημο, τρεις ώρες «τσιφ» Ελλάδα, ο καιρός θαυμάσιος. Πολύ ωραίο το καινούριο αεροδρόμιο του Ελληνικού. Είμαι ενθουσιασμένη που είμαι μαζί σας, βιάζομαι να βουτήξω, θέλω να φάω μουσακά και καρπούζι, μ' αρέσει το σπίτι μας, θα πάμε για ψάρεμα;

Όλοι γελούσαν, έτσι μονορούφι που τα 'λεγε, χωρίς να παίρνει ανάσα.

Ο Αλέξης τη ρώτησε:
- Είπες, όταν ερχόμασταν, πως είσαι ενθουσιασμένη γιατί βρίσκεσαι στην Αίγινα και πως έχεις τους λόγους σου, θα μας τους πεις;
- Αλήθεια, συμπλήρωσε η Ζωή, γιατί σ' έπιασε τόση μανία στα γράμματά σου για την Αίγινα; Δεν ήθελες πια τον Πόρο;
- Θα σας εξηγήσω. Δεν έρχομαι στην Ελλάδα μόνο για διακοπές, έχω μια ειδική αποστολή.
- Μυστική αποστολή; ρώτησε η Λίνα που δεν κρατιόταν από περιέργεια.
- Καθόλου μυστική, ειδική. Πρέπει να μαζέψω πληροφορίες για κάποιον Γερμανό, τις χρειάζεται ο γιατρός Σπακ.
- Και τι γυρεύει ο «ντόκτορ Σπακ» στην Αίγινα και ποιος είναι αυτός ο Γερμανός; απόρησε ο Κλου.
- Θα σας τα πω όλα με τη σειρά, αφήστε με να μιλήσω και μη με διακόπτετε. Στο ιατρείο του «ντόκτορ Σπακ»,

όπως λες, κύριε Κλου, έρχεται ένας Γερμανός, από πατέρα Γερμανό κι από μητέρα Γαλλίδα. Είναι σαράντα πέντε χρονών. Τον καιρό της Κατοχής ήταν στην Ελλάδα, απλός στρατιώτης, σπούδαζε αρχαιολογία κι ο πόλεμος τον σταμάτησε. Φαίνεται πως τον είχαν στην Αίγινα για πολύ καιρό, έτσι τουλάχιστο νομίζει ο καθηγητής.
- Γιατί έτσι νομίζει; Ο Γερμανός δεν ξέρει; πετάχτηκε ξανά η Λίνα.
- Μη με διακόπτεις, Λίνα, θα σου εξηγήσω. Το 1943 πάτησε μια νάρκη και πληγώθηκε στο πόδι, όχι πολύ σοβαρά. Τον πήγανε σ' ένα νοσοκομείο στην Αθήνα κι ύστερα τον στείλανε πίσω στη Γερμανία. Αλλά από το φόβο του, ή από τη διάσειση, έπαθε αμνησία, ή μάλλον «μερική αμνησία». Έχει ξεχάσει αυτή την περίοδο της ζωής του. Οι δικοί του ήρθαν κι εγκαταστάθηκαν, μετά τον πόλεμο, στο Παρίσι, ο πατέρας του είναι διευθυντής της ασφαλιστικής εταιρείας Στερν, η μητέρα του πέθανε πριν από δύο χρόνια. Ο Χανς Σουλτς, έτσι τον λένε, έρχεται για θεραπεία στον καθηγητή Σπακ. Αλλά τίποτε δεν μπορεί να βοηθήσει το γιατρό για να βρει το μίτο που θα ξεδιαλύνει το μυστήριο του Χανς. Ξέρουμε πως ήταν στην Ελλάδα, στην Αίγινα, με τα στρατεύματα κατοχής, μας το είπε ο πατέρας του, μα ο ίδιος δε θυμάται τίποτε. Κι αυτή η αμνησία έχει ολέθριες επιπτώσεις στο χαρακτήρα του, στις αντιδράσεις του. Έχει μια μόνιμη μελαγχολία, που του επηρεάζει την καθημερινή του ζωή. Λοιπόν, ο καθηγητής μου συγκέντρωσε όσα στοιχεία έχει γι' αυτόν, όσα λόγια σκόρπια έχει πει κατά τη διάρκεια της ναρκαναλύσεως που του κάνει...
- Μα τι θα πει αυτό; την έκοψε περίεργος ο Κλου.

- Θα σου εξηγήσω, Κλου μου: όταν ένας ψυχίατρος θέλει να κατέβει στα τρίσβαθα της ψυχής ενός αρρώστου, για να βρει την αλήθεια ή την αιτία της πάθησής του, τον υποβάλλει σε μια ναρκανάλυση. Του κάνει μια ένεση που δεν τον κοιμίζει, αλλά που τον ναρκώνει κάπως, και τότε του βάζει ερωτήσεις κι αυτός απαντά. Φυσικά, ο ψυχίατρος πρέπει να γνωρίζει ορισμένα πράγματα από τη ζωή του αρρώστου για να τον βοηθήσει.

- Λοιπόν, λοιπόν, λέγε τη συνέχεια της ιστορίας, της φώναξε ο Άγγελος ανυπόμονος και με οξυμένο το ενδιαφέρον του.

- Λοιπόν, ο γιατρός μου μου έδωσε όλα τα στοιχεία και μου ζήτησε να ψάξω και να συγκεντρώσω κάθε πληροφορία που θα μπορούσε να βοηθήσει τον ασθενή του.

Όλοι άκουγαν προσεχτικά. Ο Αλέξανδρος, όμως, ρώτησε απορημένος:

- Και καλά, πού θα ψάξεις να μάθεις γι' αυτόν ύστερα από είκοσι πέντε χρόνια;

- Κατά τη διάρκεια της ναρκαναλύσεως, λέει και ξαναλέει τη λέξη: «Βαγία... Βαγία...» Μάθαμε πως στην Αίγινα υπάρχει ένα χωριουδάκι μ' αυτό τ' όνομα.

- Και βέβαια υπάρχει, τη διέκοψε η Ζωή. Κοίτα σύμπτωση! Εκεί πέρασα τα παιδικά μου καλοκαίρια.

- Βλέπετε; ενθουσιάστηκε η Νικόλ. Η Βαγία, κατά πάσα πιθανότητα, θα είναι το χωριό όπου έμενε και πληγώθηκε! Θα πρέπει να πάω εκεί να ρωτήσω. Κάποιος νησιώτης θα θυμάται, κάτι θα μου πουν. Και με τα σημειώματά μου, που τώρα είναι σωστοί γρίφοι, ίσως ξεδιαλύνω την ιστορία του. Με λίγα λόγια, θα πρέπει εγώ να βρω τις α-

ναμνήσεις του Χανς Σουλτς. Ελπίζω και σεις να με βοηθήσετε.
Τα μάτια των παιδιών άστραψαν. Όλα μαζί τής απάντησαν:
- Και βέβαια, είπε ο Άγγελος.
- Πότε θα πάμε; ρώτησε η Λίνα.
- Νικόλ, είσαι καταπληκτική με τις ιστορίες σου! φώναξε ο Κλου.
- Μα είναι Γερμανός και ήταν στρατιώτης στην Ελλάδα μας, είπε ο Αλέξης.
- Ε, και; του απάντησε η Νικόλ, που αμέσως κατάλαβε τι εννοούσε ο Αλέξης. Είναι άνθρωπος. Τότε ήταν είκοσι χρονών. Τι ευθύνη έχει; Άλλωστε, μιλάμε για έναν άρρωστο.
- Έχει δίκιο η Νικόλ, μίλησε με τη σειρά του ο Αλέξανδρος. Δεν πρέπει να 'σαι φανατικός, Αλέξη, σου το 'χω πει κι άλλη φορά.
- Κι έτσι, είπε ο Αλέξης, μ' ένα σκυθρωπό ύφος, θα πρέπει να ξεχάσουμε τα όσα κάνανε οι Γερμανοί στον τόπο μας...
- Ούτε εμείς ούτε οι Γερμανοί δεν πρέπει να τα ξεχάσουμε. Αλλά δε νομίζεις πως είναι υπερβολή εκ μέρους σου να ζητάς διαβατήριο από κάποιον που ζητά τη βοήθειά σου;
Ο Αλέξης δε μίλησε, σκεφτόταν πως δίκιο είχε ο πατέρας του, αλλά τον πείραζε να τ' ομολογήσει. Ευτυχώς, η Λίνα, που δε νοιαζόταν για τους φανατισμούς του Αλέξη, άλλαξε τη συζήτηση:
- Λοιπόν, πότε θα πάμε στη Βαγία, σήμερα;
- Όχι και σήμερα, της απάντησε η μητέρα της, πού να

προλάβουμε, είναι μακριά. Αν θέλετε, αύριο το πρωί κάνουμε μια εκδρομή, ξεκινάμε νωρίς και επιστρέφουμε με το τελευταίο λεωφορείο.

- Σπουδαία, σπουδαία, σας ευχαριστώ όλους σας, ενθουσιάστηκε η Νικόλ, να πούμε και στους Καρυώτη.
- Και, βέβαια, θα τους πούμε, είπε ο Αλέξανδρος.

Η Νικόλ, σαν να 'χε ελατήριο η καρέκλα της, τινάχτηκε πάνω:
- Και, τώρα, βουτιά στη θάλασσα, πριν από το μουσακά.

Ο Άγγελος όμως τη σταμάτησε:
- Γιατί δε μας λες πρώτα τις λέξεις-γρίφους, που έχει πει ο Γερμανός σου;
- Όχι τώρα, έχω τις σημειώσεις μέσα στη βαλίτσα μου. Αύριο, θα σας τα πω όλα με το νι και με το σίγμα.

Η Βέρα συμφώνησε:
- Άγγελε, έχει δίκιο η Νικόλ, πήγαινε κι εσύ να βάλεις το μαγιό σου, σήμερα θα κάνουμε μπάνιο εδώ και μην ξεχαστείς μέσα σε κανένα βιβλίο, κακομοίρη μου...

Η Λίνα πηδούσε από χαρά. Το σχέδιο «Βαγία» της άρεσε πολύ.
- Μαμά, άφησέ με να πάω με τον Άγγελο, θα σταματήσω στο σπίτι των Καρυώτη να τους πω τα νέα.

Η Ζωή χαμογέλασε κι αγκάλιασε σφιχτά την κόρη της:
- Τρέχα, διάολέ μου.

Όταν την έβλεπε τόσο ζωηρή, αεικίνητη, αυθόρμητη, θυμόταν κάποιο άλλο κοριτσάκι, πριν από πολλά χρόνια, που της έμοιαζε, μια μικρή Ζωή, που έτρεχε ξυπόλυτη στους χωματόδρομους της Βαγίας και που σκαρφάλωνε στη μεγάλη μουριά.

Όπως έτρεχε να προλάβει τον Άγγελο, τα μαλλιά της, που δεν τα 'χε δεμένα, ανέμιζαν πίσω της.

– Νικόλ, όλους μας ξεσήκωσες, έχασε το μυαλό της η Λίνα, ξέχασε μέσα στη φούρια της να σου ζητήσει το δώρο της Ζακελίν.

Βαγία

Την άλλη μέρα, όταν φτάσαν στη Βαγία και κατέβηκαν από το λεωφορείο, η Ζωή κοίταξε γύρω της. «Μα πού είναι η Βαγία μου;» αναρωτήθηκε. Θυμόταν το χωριό των παιδικών της καλοκαιριών. Έξι σπίτια, είχε πει στη Λίνα, όλα κι όλα, μια μικρή εκκλησία, αμπέλια, χωράφια, μποστάνια. Δεν είχε ούτε ένα μπακάλικο. Ψώνιζαν όλοι από το Μεσαγρό. Τώρα, μπροστά τους, εκεί στο τέρμα του λεωφορείου, ήταν ένα μεγάλο κατάστημα που έγραφε στην πινακίδα του, με μεγάλα καλοσχεδιασμένα γράμματα: Εδωδιμοπωλείον.

– Αφήστε με να ρωτήσω, είπε στην παρέα –η φωνή της έμοιαζε πικραμένη– ίσως να ξέρουν να μου πουν πού μπορώ να βρω το σπίτι που νοικιάζαμε τότε. Αν υπάρχει βέβαια, γιατί εδώ βλέπω όλο καινούρια σπίτια.

– Ζωή μου, την παρηγόρησε ο Αλέξανδρος, φυσικό είναι ύστερα από τόσα χρόνια. Πώς είναι δυνατό τίποτε να μην έχει αλλάξει;

– Έχεις δίκιο, Αλέξανδρε, αλλά τι τα θέλεις, η Νικόλ έρχεται για να βρει τις αναμνήσεις του Χανς κι εγώ τις δικές μου.

Η Λίνα πρόσεξε τα βουρκωμένα μάτια της μητέρας της. Την πλησίασε και της έσφιξε το χέρι:

– Πάμε μαζί να ρωτήσουμε, η φωνούλα της ήταν σοβαρή, καταλάβαινε με την παιδική της διαίσθηση τη συγκίνηση της μαμάς της.

— Σας παρακαλούμε, ρώτησε η Ζωή τον άνθρωπο με την άσπρη μπλούζα που ζύγιζε φέτα σε κάποιον πελάτη, μήπως μπορείτε να μου πείτε πού βρίσκεται το σπίτι της κυρα-Λένης της Χαλδαίου;

— Της Χαλδαίου; απόρησε ο μπακάλης. Μα, πέθανε πριν από λίγα χρόνια, ήταν πολύ γριά. Το σπίτι της όμως είναι λίγο παρακάτω, θα πάτε ίσια και θα στρίψετε στο στενό δεξιά, εκεί έχει ένα μαγκανοπήγαδο και...

— Ευχαριστώ, ευχαριστώ, ξέρω, βιάστηκε η Ζωή και βγήκε με τη Λίνα από το μαγαζί.

Οι άλλοι την περίμεναν.

— Πάμε, θα σας δείξω.

Τράβηξαν το δρόμο ίσια και στη στροφή, δεξιά, είδαν το μαγκανοπήγαδο. Ένα μουλάρι με δεμένα μάτια ήταν ζεμένο και γυρνούσε τη ρόδα με τους τσίγκινους κουβάδες.

— Να το, να το, φώναξε ενθουσιασμένη η Ζωή, να το μουλάρι, να η μουριά, να το σπίτι, όπως τότε, τίποτε δεν άλλαξε.

Όλοι γέλασαν με τα λόγια της. Η Βέρα την πείραξε:

— Ε, το μουλάρι, μπορεί να μην είναι το ίδιο!

Μια κληματαριά σκέπαζε τη βεράντα του σπιτιού. Δεν είχε κάγκελα, μόνο μια σειρά από βασιλικούς μέσα σε άσπρους φρεσκοασβεστωμένους ντενεκέδες. Η Ζωή ανέβηκε τα λίγα σκαλοπάτια, οι άλλοι στάθηκαν στο δρόμο λες και ήξεραν πως μόνο εκείνη είχε το δικαίωμα να μπει σ' αυτό το σπίτι.

— Είναι κανένας εδώ; φώναξε.

Μια γυναίκα παρουσιάστηκε αμέσως. Φορούσε ένα μαύρο φακιόλι στο κεφάλι και μια γκρίζα ποδιά που την τύλιγε ολόκληρη. Είδε τόσο κόσμο έξω από την πόρτα της και παραξενεύτηκε. Ευγενικά όμως ρώτησε τη Ζωή:
- Τι θέλετε, παρακαλώ;
- Ιουλία, δε με θυμάσαι;
Απόρησε η γυναίκα. Έκλεισε λίγο τα μάτια λες κι αυτό τη βοηθούσε να θυμηθεί.
- Ποια είστε;
- Ιουλία, εγώ σε θυμάμαι. Τι κάνει ο Σώζος, κι ο Παναγιώτης, και η Κατίνα, ο γάιδαρός σας;
Άστραψαν τα μάτια της Ιουλίας.
- Ζωή, φώναξε.
Οι δύο γυναίκες αγκαλιάστηκαν συγκινημένες. Η Ιουλία έκλαιγε:
- Ζωή, πώς από δω; Θεέ μου, πόσα χρόνια, και βέβαια σε θυμάμαι.
Μικρές παίζανε μαζί, τρέχαν στα χωράφια, ανέβαιναν στα βουνά να βοσκήσουν τα ζα. Ήταν η κόρη της κυρα-Λένης, της νοικοκυράς.
- Περάστε, περάστε, σκούπισε με την ανάστροφη της παλάμης της τα δάκρυά της. Περάστε, ξαναείπε.
- Μα, είπε η Ζωή διστακτική, δεν είναι δυνατό, είμαστε δώδεκα.
- Ζωή να 'χετε, Ζωή μου, χαρά μου. Για περάστε, θα σας βγάλω καθίσματα.
Κάθισαν όλοι τους κάτω από την κληματαριά αφού η Ζωή έκανε τις συστάσεις. Η Ιουλία πετάχτηκε να φωνάξει τ' αδέρφια της, το Σώζο και τον Παναγιώτη.
Όλοι ήταν αμίλητοι, κοιτούσαν γύρω τους.

49

– Εδώ κοιμόμουν με την Ειρήνη, είπε η Ζωή κι έδειξε το δωμάτιο με τα πράσινα παντζούρια.

Τ' αδέρφια φτάσαν σε λίγο. Ηλιοκαμένοι κι οι δύο, λασπωμένοι από το πότισμα, χαρούμενοι που ξανάβλεπαν την παλιά τους φίλη. 'Αρχισαν να συζητάνε για όλα. Η ανάμνηση, ζωντανή, των τότε καλοκαιριών κυριαρχούσε στις κουβέντες τους. Η Ιουλία τους έβγαλε γλυκό του κουταλιού, ξεδίψασαν πίνοντας πηγαδίσιο παγωμένο νερό, λίγο γλυφό. Η Ζωή σηκώθηκε και τριγύρισε να δει το σπίτι, εδώ ο φούρνος, εκεί η κασέλα που βάζανε τα ρούχα, «α, η συγχωρεμένη η μάνα σας, τι καλή που ήταν, θυμάσαι τις πλεξούδες που μας έφτιαχνε με τη ζύμη του ψωμιού;»

Η Νικόλ και τα παιδιά αδημονούσαν, δεν τους χωρούσε ο τόπος. Βιάζονταν ν' αρχίσουν και κείνοι το θέμα που τους απασχολούσε. Ο Αλέξανδρος με την ήρεμη φωνή του είπε:

– Ζωή, δε ρωτάμε τους φίλους σου για το Γερμανό;

– Ναι, αλήθεια, απάντησε η Ζωή, παρασύρθηκα από τις αναμνήσεις μου.

Γύρισε προς τον Παναγιώτη και το Σώζο· η Ιουλία στην κουζίνα κάτι τους ετοίμαζε:

– Δε μου λέτε, τον καιρό της Κατοχής είχατε στη Βαγία Γερμανούς;

Παραξενεύτηκαν τ' αδέρφια με την ερώτηση.

– Και βέβαια είχαμε, απάντησε ο Παναγιώτης. Η Αίγινα ήταν από τα πολύ λίγα νησιά που είχαν Γερμανούς. Είχαν φτιάξει οχυρά και σ' όλο το νησί υπήρχε στρατός. Μα, γιατί ρωτάτε;

– Η φίλη μας η Νικόλ, από το Παρίσι, θέλει να μάθει για κάποιο Γερμανό, που ίσως να έμενε στη Βαγία κατά

την περίοδο εκείνη, τον λέγανε Χανς Σουλτς.
Τα δύο αδέρφια δε φάνηκαν να θυμούνται.
- Πέρασε τόσος καιρός από τότε, είπε ο Σώζος, και από ονόματα πού να θυμάται κανείς, μήπως τους είχαμε και φίλους;
Η Νικόλ δεν κρατήθηκε άλλο:
- Ίσως να μπορέσετε να θυμηθείτε, αν σας πω ορισμένα πράγματα. Αυτός ο Γερμανός είναι άρρωστος, ξέρετε, και δε θυμάται πολλά πράγματα. Μας έχει όμως πει ένα όνομα, Χαλδαίος και Νεκτάριος, αυτό μήπως σας λέει τίποτε;
Ο Παναγιώτης γέλασε:
- Όλοι σχεδόν στο χωριό λεγόμαστε Χαλδαίοι, και Νεκτάριους έχουμε πάρα πολλούς, λόγω του Αγίου Νεκταρίου, που είναι ο προστάτης της Αίγινας.
- Ποπό! έκαναν όλα τα παιδιά απογοητευμένα.
- Για σταθείτε, φώναξε η Νικόλ, δεν τα είπα όλα. Σε πολλά σπίτια μέναν Γερμανοί;
- Όχι, ευτυχώς, είχαν επιτάξει τρία τέσσερα μόνο, άλλωστε το χωριό τότε είχε πολύ λίγα σπίτια, θα θυμάται η Ζωή.
- Ε, τότε, ίσως να ξέρετε ποια είναι αυτά τα σπίτια, ρώτησε με κάποια ελπίδα η Νικόλ.
Ο Παναγιώτης αμέσως φώναξε:
- Ιουλία, έλα δυο λεπτά. Θα ξέρει ίσως η αδερφή μας, εμείς ήμαστε παιδιά τότε, είναι πιο μεγάλη μας και θα θυμάται καλύτερα.
Η Ιουλία βγήκε από την κουζίνα σκουπίζοντας τα χέρια της στην γκρίζα ποδιά της.
- Τι είναι; ρώτησε.

- Θυμάσαι ποια σπίτια είχαν Γερμανούς στην Κατοχή εδώ; της είπε ο Παναγιώτης.
Η Ιουλία έσμιξε τα φρύδια της:
- Για στάσου να σκεφτώ. Στου Τομάρα, στου Γιάννη του Χαλδαίου και στου Νεκτάριου του Χαλδαίου, που ήρθαν στα χρόνια της Κατοχής από το Μεσαγρό.
- Αυτός θα 'ναι. Αυτός, πετάχτηκε η Λίνα από τη θέση της, πάμε να ρωτήσουμε.
Ο πατέρας της τη μάλωσε:
- Ήσυχα, άσε να δούμε πρώτα τι λένε οι φίλοι μας.
- Ε, αφού τα θυμάται η Ιουλία, αυτά τα σπίτια θα 'ναι, είπε ο Σώζος.
Η Ιουλία δεν καταλάβαινε γιατί τη ρωτούσαν:
- Μα τι θέλετε να μάθετε;
Όλοι μαζί θέλησαν να της εξηγήσουν. Η Ζωή θύμωσε:
- Ήσυχα, παιδιά, μας ξεκουφάνατε και κανείς δεν καταλαβαίνει. Αφήστε τη Νικόλ να μιλήσει.
- Ναι, είπε η Νικόλ, καλύτερα να τα πω εγώ. Κυρία Ιουλία, θέλω να μάθω για κάποιο Γερμανό, τον λένε Χανς Σουλτς, που ίσως να έμενε στη Βαγία, στα χρόνια της Κατοχής. Όπως έλεγα και στ' αδέρφια σας, έχει πάθει αμνησία και δε θυμάται τίποτε. Μόνο που λέει και ξαναλέει το όνομα Χαλδαίος και Νεκτάριος.
- Πού να θυμάμαι... να πάτε να ρωτήσετε, ο γερο-Νεκτάριος πέθανε, ίσως να ξέρουν τα παιδιά του ή κανένας γείτονας. Μένουν λίγο παρακάτω, διακόσια μέτρα από δω.
Η Νικόλ συνέχισε:
- Και ξέρετε, φαίνεται πως εδώ στην Αίγινα πάτησε πάνω σε μια νάρκη και πληγώθηκε.

Τα πρόσωπα της Ιουλίας και των αδερφών της φωτίστηκαν:

– Μα τότε, φώναξε ο Σώζος, θα είναι ο Γερμανός που έμενε στου Γιάννη του Χαλδαίου, ο Γιάννης πέθανε, ζει όμως η πεθερά του, η κυρα-Μαρία.

– Βέβαια, βέβαια, είπε κι ο Παναγιώτης, αυτός θα είναι ο Γερμανός σας, ο δικός μας, που πάτησε τη νάρκη και τον πήρανε σηκωτό. Πότε θα γίνηκε αυτό, Ιουλία, ποια χρονιά;

Η Ιουλία σκέφτηκε για λίγο:

– Μα θα ήταν πριν το τέλος του πολέμου, χειμώνας, το '43 μάλλον.

Τα παιδιά όλα είχαν σηκωθεί.

– Πάμε, πάμε, χοροπηδούσε η Λίνα.

Τ' αγόρια είχαν κατέβει κιόλας τα σκαλοπάτια.

Η Νικόλ φαινόταν πολύ ευχαριστημένη:

– Μπορείτε να μας πείτε πού βρίσκεται αυτό το σπίτι;

Η Ιουλία κατέβηκε ένα σκαλί και με το δάχτυλο έδειξε ένα σπιτάκι, εκεί στην άκρη του δρόμου, μ' ένα πεύκο μπροστά στην πόρτα.

– Αυτό εκεί είναι, ζητήστε την κυρα-Μαρία, Νεκτάριος όμως δεν υπάρχει.

Όλοι σηκώθηκαν, ο Παναγιώτης διαμαρτυρήθηκε:

– Πού πάτε όλοι σας; Θα φάμε μαζί το μεσημέρι.

Ο Βύρων δε συμφωνούσε:

– Είμαστε πολλοί, να πάμε σε κανένα εστιατόριο.

– Αδύνατο, επέμενε η Ιουλία, μαγειρεύω. Θα μείνετε.

– Θα μείνετε, είπε κι ο Σώζος.

Η Ζωή επενέβη:

– Ακούστε και μένα. Σας προτείνω, εσείς, παιδιά, με τη

Νικόλ, θα πάτε στην κυρα-Μαρία, εμείς θα πάμε για μπάνιο, εκεί που πήγαινα όταν ήμουν μικρή, ν' αφήσουμε τους φίλους μας να κάνουν τις δουλειές τους και το μεσημέρι θα φάμε μαζί τους, κι ας είμαστε πολλοί. Σπίτι μου είναι εδώ, τόσα καλοκαίρια έζησα.

– Μάλιστα, στρατηγέ μου, είπε ο Αλέξανδρος και χαιρέτησε στρατιωτικά τη γυναίκα του.

Όλοι, μικροί και μεγάλοι, συμφώνησαν.

Το σπίτι της κυρα-Μαρίας

Το σπίτι που τους είχε δείξει η Ιουλία, εκεί στην άκρη του δρόμου, ήταν μικρό και χαμηλό. Έξω από το πεύκο, που 'δινε λίγη σκιά, δεν είχε ούτε κληματαριά ούτε έναν κήπο με λουλούδια ούτε καν βασιλικό στη γλάστρα. Η πόρτα ήταν κλειστή και τα παραθυρόφυλλα γυρτά. Τα παιδιά με τη Νικόλ κοντοστάθηκαν. Ποιος θα χτυπούσε την πόρτα του Γιάννη του Χαλδαίου;

– Εγώ, είπε η Νικόλ και προχώρησε.

Ανέβηκε τα δυο σκαλοπάτια, αφήνοντας τα παιδιά να στέκουν κάτω από το πεύκο. Χτύπησε διστακτικά.

– Ποιος είναι; ακούστηκε αμέσως μια φωνή και παρουσιάστηκε στο άνοιγμά της μια μαυροντυμένη γριά.

Σαν την Ιουλία, φορούσε και κείνη μαύρο φακιόλι στο κεφάλι, που της σκέπαζε όμως το μισό πρόσωπο. Απόρησε βλέποντας στο κατώφλι της μια ξένη κοπέλα.

– Τι θέλετε, παρακαλώ; τη ρώτησε.

Η Νικόλ για μια στιγμή τα έχασε, τι να της πει; Πώς να της εξηγήσει; Είπε ένα «καλημέρα», σχεδόν μουρμουριστά. Η γριά πρόσεξε τα παιδιά που στέκονταν κάτω από το δέντρο. Δε μίλησε, τα μάτια της απόρησαν. Σαν να 'λεγαν: Τι γυρεύει τόσος κόσμος στο φτωχικό μου;

– Να μας συγχωρείτε... σας ενοχλούμε...

Η Νικόλ κόμπιασε:

- Μας είπε η Ιουλία και τ' αδέρφια της να 'ρθούμε να σας βρούμε.
- Καλωσήρθατε, περάστε μέσα.
- Όχι, όχι, να μη σας βάλουμε σε φασαρία, αν θέλετε, μπορούμε να σταθούμε εδώ. Θα ήθελα να σας ζητήσω μια πληροφορία, ίσως εσείς μπορείτε να μου τη δώσετε.
- Εγώ, παραξενεύτηκε η γριά, τι πληροφορία;
- Δεν είστε η κυρα-Μαρία, η πεθερά του Γιάννη του Χαλδαίου;
- Ναι, εγώ είμαι, ο γαμπρός μου πέθανε, πάει χρόνος, τι με θέλετε;

Τα παιδιά σιγά σιγά είχαν πλησιάσει για ν' ακούσουν.

- Θα θέλατε να μας πείτε αν θυμάστε κάποιον Γερμανό που έμενε στο σπίτι σας τον καιρό της Κατοχής και πληγώθηκε από μια νάρκη;

Σάστισε η κυρα-Μαρία. Ξαναείπε:

- Περάστε, σας παρακαλώ, μέσα, μη στέκεστε.

Η Νικόλ, με το χέρι της, έδειξε τα παιδιά.

- Περάστε όλοι σας, έχει χώρο, μόνη μου είμαι.

Είχε τόσο καλοκάγαθο ύφος, που τα παιδιά ξεθάρρεψαν. Μπήκαν σ' ένα αρκετά μεγάλο δωμάτιο, μ' ένα τραπέζι στη μέση, κάμποσες καρέκλες γύρω του, ένα μπαούλο σκεπασμένο μ' ένα υφαντό, έναν μπουφέ με καθρέφτη και μια φωτογραφία σε ασημένιο πλαίσιο: ένας άντρας και μια γυναίκα χαμογελούσαν ευτυχισμένοι.

- Ο μακαρίτης, είπε η κυρα-Μαρία, και η κόρη μου. Δεν είναι δω, ζει στο Μεσαγρό με τα τρία της παιδιά, δουλεύει εκεί, μα καθίστε, σας παρακαλώ.

Έσπρωξε τις καρέκλες, κάθισαν όλοι τους χωρίς να μιλάνε. Η γριά έστεκε όρθια:
- Τι να σας κεράσω;
- Ευχαριστούμε, τίποτε, είπε η Νικόλ, τώρα μας κέρασε η Ιουλία. Καθίστε κι εσείς, δε θα σας ενοχλήσουμε πολύ.
Η κυρα-Μαρία κάθισε πάνω στο μπαούλο και τράβηξε το τσεμπέρι από το πρόσωπό της.
- Λοιπόν, είπε η Νικόλ, μήπως θυμάστε κάποιον Χανς Σουλτς; Φαίνεται πως τον φιλοξενούσατε στον πόλεμο...
Ένα πικρό χαμόγελο ζωγραφίστηκε στα μαραμένα χείλη της γριάς.
- Τον φιλοξενούσαμε, είπες, κόρη μου; Με το «έτσι θέλω» έμενε στο σπίτι μας, μας είχαν επιτάξει ένα δωμάτιο.
- Τον θυμάστε, λοιπόν, τη ρώτησε με λαχτάρα στη φωνή της η Νικόλ.
- Αν τον θυμάμαι, λέει... Μα, εσείς ποιοι είστε, γιατί ρωτάτε, πέρασαν τόσα χρόνια από τότε...
Πετάχτηκε η Λίνα:
- Μήπως θυμάστε τη μαμά μου, ερχόταν εδώ όταν ήταν μικρή, τη λένε Ζωή κι έμενε στο σπίτι της κυρα-Λένης, είχε και μια αδερφή, την Ειρήνη.
Η γριά σάστισε:
- Θεέ μου, μουρμούρισε, η κόρη της Ζωίτσας... και βέβαια, παιδί μου, τη θυμάμαι, πόσα χρόνια... πόσα χρόνια... Εμείς, τότε, μέναμε στο Μεσαγρό, αλλά ερχόμουν συχνά στο χωριό, στο πανηγύρι του Σωτήρα, με την κόρη μου. Ξαδέρφες ήμαστε με την κυρα-Λένη...
- Κι εγώ είμαι ο γιος της, είπε ο Αλέξης.
- Να ζήσετε, παιδιά μου, να ζήσετε.
Τα μάτια της κυρα-Μαρίας γυάλισαν, σαν να τα σκέπα-

σε κάποιο δάκρυ, μπορεί και να το φαντάστηκε η Σόφη που την κοιτούσε προσεχτικά.

Μεμιάς το δωμάτιο ζωντάνεψε, λες και τα λόγια της Λίνας είχανε δώσει γνωριμιά. Τα παιδιά κουνήθηκαν λίγο από τη θέση τους, η Ράνια κάτι ψιθύρισε στη Σόφη, ο Άγγελος άπλωσε τα τεράστια πόδια του, που είχαν κιόλας μουδιάσει από τη φρόνιμη στάση τους.

Η Νικόλ τώρα βιαζόταν να ρωτήσει:

– Θα ήθελα να μάθω λεπτομέρειες γι' αυτόν το Γερμανό, είναι άρρωστος στο Παρίσι και μας χρειάζονται ορισμένες πληροφορίες.

– Ώστε ζει ο Γερμανός μας; έκανε η γριά κουνώντας το κεφάλι της. Ας τον συγχωρήσει ο Θεός.

Όλοι παραξενεύτηκαν.

– Να τον συγχωρήσει ο Θεός; Γιατί; Τι σας έκανε; ρώτησε ο Κλου.

– Αχ, παιδί μου, είναι μια παλιά ιστορία, αλλά τη θυμάμαι σαν να 'ταν χτες. Ναι, ναι, Χανς τον λέγανε, τ' άλλο του όνομα δεν το θυμάμαι.

– Πέστε μας, μιλήστε μας γι' αυτόν, φώναξαν τα παιδιά, όλα μαζί.

– Τι θέλετε να μάθετε; Για εξηγηθείτε καλύτερα, είμαι γριά και δεν πολυκαταλαβαίνω.

– Κυρία Μαρία, μίλησε τώρα η Νικόλ, σε τόνο πολύ σοβαρό. Εγώ θα σας πω. Ο Χανς Σουλτς, όταν χτυπήθηκε από τη νάρκη, έπαθε αμνησία.

Η γριά σαν να μην καταλάβαινε πάλι.

– Δηλαδή, έχασε λίγο από τα λογικά του και δε θυμάται τίποτε από κείνα τα χρόνια. Λοιπόν, ο γιατρός του, ο πατέρας του κι εγώ, θα θέλαμε να μάθουμε τι έκανε, πώς ήταν τότε, μήπως και τον βοηθήσουμε να θυμηθεί και γιατρευτεί.

- Καταλαβαίνω, καταλαβαίνω, κόρη μου, θα σας τα πω όλα, να τον βοηθήσετε, κι ας μας έκανε κακό, πολύ κακό. Κανένα παιδί δε μίλησε, κρεμάστηκαν οι ανάσες, κι όλοι περίμεναν ν' ακούσουν. Τι κακό είχε κάνει ο Γερμανός της Νικόλ στη γιαγιά;

- Τότε, στα χρόνια του πολέμου, είχαμε πολλούς Γερμανούς στο νησί. Είχαν κάνει βάσεις εδώ. Στη Βαγία είχαμε λίγους. Εγώ τότε είχα παντρέψει την κόρη μου με το συγχωρεμένο. Το σπίτι, καθώς βλέπετε, δεν είναι μεγάλο, κι έτσι πολύ μας κακοφάνηκε, όταν μας επιτάξανε ένα δωμάτιο για τον Χανς. Αλλά πάλι, είπαμε δόξα τω Θεώ, γιατί ήταν νέο παιδί, συμπαθητικό, δεν έπινε, δε φώναζε και δε μας πολυενοχλούσε. Κάτι ελληνικά ήξερε, και πότε πότε μας έλεγε και καμιά κουβέντα. Να μη σας τα πολυλογώ και σας ζαλίζω, παιδιά μου, πριν μπουν οι καταραμένοι στον τόπο μας, είχα κάτι λεφτά από ένα χτήμα που είχα πουλήσει και κάτι οικονομίες από το μακαρίτη τον άντρα μου. Πολλά λεφτά, πες πως ήμουν πλούσια, 220 λίρες! Ε, μ' αυτά προίκισα τη μοναχοκόρη μου, είχε κι ο άντρας της καλή δουλειά, δούλευε μηχανικός σε καράβι. Δόξα σοι ο Θεός, λέγαμε και κάναμε το σταυρό μας. Τις λίρες τις κρατούσαμε στο σπίτι, πού να τις βάλεις; Όταν έγινε ο πόλεμος κι άρχισε η πείνα και η αναδουλειά, τι να κάνει ο γαμπρός μου; Τράβαγε από το κομπόδεμα για να μας ζήσει. Και μια νύχτα που ανοίξαμε το μπαούλο, τούτο που κάθομαι πάνω, για να πάρουμε μια λίρα, για τα χρειαζούμενα, εδώ τις είχαμε καταχωνιάσει, μπήκε ο Χανς ξαφνικά και μας είδε. Τρομάξαμε, αλλά δεν πήγε ο νους μας στο κακό. Αύριο, είπε ο Γιάννης, τους βρίσκω άλλη κρυψώνα και πήγαμε και κοιμηθήκαμε. Την άλλη μέρα οι λίρες είχαν κάνει φτερά. Τις είχε κλέψει ο Γερμανός. Κανένας άλλος δεν μπήκε εκείνο το βράδυ, μόνο εμείς και αυτός ήμαστε στο σπίτι. 203 λίρες ήταν, κόρη μου, 203 λίρες. Και τι να κάνουμε, πες μου; Μας είπε μια συγγένισσα να πάμε να τον καταγγείλουμε. Πού; Στους Γερμανούς; Ποιος να τολμήσει; Ο Γιάννης μόνο πήρε το κουράγιο και του μίλησε την παράλλη μέρα, αυτός όμως έκανε πως δεν καταλάβαινε κι ας έβλεπε την κόρη μου κλαμένη και μένα να χτυπιέμαι. Παίρνω όρκο πως τα λεφτά τα έκλεψε ο Γερμανός. Ζήσαμε μαύρες μέρες. Ναυτικός ο γαμπρός μου, τι να κάνει; Ο Θεός ας τον συγχωρήσει, και δε φαινόταν κακός.

Η γριά σώπασε. Κανένας δε μιλούσε.

Περίμεναν. Ακίνητη, στητή, σαν απολιθωμένη, λες και κείνα τα χρόνια τα ξαναζούσε πάλι, καθισμένη πάνω στο μπαούλο, που κάποτε είχε κρύψει μια προίκα, αυτή η γυναίκα είχε μια πονεμένη αξιοπρέπεια. Τους τα είχε πει όλα αυτά χωρίς να κλαφτεί, σαν κάτι που το θέλησε και το όρισε η μοίρα και που δε γίνεται να το αποφύγεις.

Ύστερα από λίγο, σαν να ξύπνησε από τις αναμνήσεις της, είπε:

– Θέλετε να σας πω τίποτε άλλο; Ό,τι θυμάμαι...

Η Νικόλ, λίγο ταραγμένη, τη ρώτησε με κάποιο δισταγμό. Δεν ήθελε να την πικράνει άλλο:

– Και μήπως ξέρετε πώς πληγώθηκε;

– Ξεχνιούνται τέτοια πράγματα, παιδί μου; Και βέβαια ξέρω. Θυμάμαι, σου λέω, σαν να 'ταν χτες. Μια μέρα του δώσανε φύλλο πορείας, ήταν χειμώνας του '43, έκανε πολύ κρύο στο χωριό, δεν κοτούσες να βγεις έξω, μάθαμε πως τον στέλνανε στη Ρωσία, στο μέτωπο. Θα έφευγε το πρωί, πολύ πρωί, και είχε ετοιμάσει όλα τα πράγματά του. Το βράδυ ήρθε και μας βρήκε, καθόμασταν κι οι τρεις σε τούτη τη σάλα, με τα ελληνικά που ήξερε μας είπε «ευχαριστώ για τη φιλοξενία», έμοιαζε συγκινημένος, ο γαμπρός μου όμως ούτε που άνοιξε το στόμα να του πει κουβέντα· ούτε και η κόρη μου. Εγώ μόνο τον λυπήθηκα και του είπα: «Στο καλό, παιδί μου, κι ο Θεός να σε συγχωρήσει». Με κοίταξε ταραγμένος. Κατάλαβε, είμαι σίγουρη γιατί του το έλεγα, και, απότομα, άνοιξε την πόρτα και βγήκε έξω, μέσα στο κρύο. Νύχτα πίσσα και βροχή. Δεν κουνήσαμε από τη θέση μας ούτε μιλήσαμε. Τρώγαμε κάτι πατάτες που 'χε βρει ο γαμπρός μου, λεπτομέρεια θα μου πεις, κόρη μου, αλλά είναι ώρες που τις θυμάσαι για πάντα. Ύστερα από δέκα λεπτά ακούσαμε μια έκρηξη, ένα μακρινό βρόντο. Πετάχτηκε όλο το χωριό, κι οι Γερμανοί που ήταν στα άλλα σπίτια. Τον βρήκανε, καμιά πεντακοσαριά μέτρα πιο πέρα από δω. Είχε πατήσει μια νάρκη, τις βάζανε οι Γερμανοί τότε και φαίνεται πως μέσα στο σκοτάδι δεν είδε την ταμπέλα. Πληγωμένος ήταν. Τον πήρανε σηκωτό κι από τότε δε μάθαμε τι έγινε, αν έζησε, αν πέθανε.

Ο Αλέξης δεν κρατήθηκε:
– Και τα πράγματά του τι έγιναν;
Πικρά χαμογέλασε η γριά:
– Πρόλαβε ο γαμπρός μου πριν έρθουν οι άλλοι Γερμανοί και τα πάρουν κι έψαξε μπας και βρει τις λίρες. Τίποτε, ούτε μία. Παραφύλαγα στην πόρτα μη μας πιάσουν, κι

ο Γιάννης μας έψαχνε. Ούτε μία, ξαναείπε η γριά κουνώντας θλιμμένα το κεφάλι της.
- Κι ύστερα, γιαγιά; ρώτησε σιγανά η Λίνα.
- Κι ύστερα, παιδάκι μου;
- Εσείς τι γίνατε, πώς ζήσατε;
Βούρκωσε τώρα η γριά. Τούτο το κοριτσάκι, η κόρη της μικρής Ζωίτσας, της θύμιζε την εγγονούλα της, την ίδια καλοσύνη είχανε τα μάτια της.
- Ύστερα, παιδάκι μου, τέλειωσε ο πόλεμος, υποφέραμε πολύ, γιατί δεν είχαμε ούτε χρήματα ούτε βιος. Ο Γιάννης ξαναμπάρκαρε για να μας ζήσει, αργότερα κάνανε και τρία παιδιά, ο εγγονός μου ο μεγάλος θα 'ναι σαν και σένα, αγόρι μου, είπε η κυρα-Μαρία κι έδειξε τον Άγγελο, κι η εγγονούλα μου, η τελευταία, είναι δέκα χρονών. Αλλά ο Γιάννης μας πέθανε πριν από ένα χρόνο, κι η κόρη μου πήρε τα τρία παιδιά και πήγε στο Μεσαγρό να δουλέψει, δουλεύει κι ο Νεκτάριος, ο μεγάλος, τ' άλλα πάνε σχολειό, τους αρέσουν τα γράμματα, αλλά πώς να τα σπουδάσει η δύστυχη η κόρη μου; Με το μεροκάματό της; Αλλά, δόξα σοι ο Θεός να λέμε, που είναι καλά στην υγεία τους.

Η Νικόλ σηκώθηκε:
- Κυρία Μαρία, σας ευχαριστούμε πολύ για όλες τις πληροφορίες που μας δώσατε, να μας συγχωρήσετε που σας αναστατώσαμε, αλλά με βοηθήσατε πολύ με τα λόγια σας, ίσως ο γιατρός να μπορέσει να κάνει κάτι για τον άνθρωπο.
- Μακάρι, κόρη μου, ο Θεός τον τιμώρησε αρκετά για το κακό που μας έκανε! Και μια και ζει και τον ξέρετε, σταθείτε να σας δώσω κάτι μικροπραγματάκια που είχε α-

φήσει στο δωμάτιό του και που δεν τα πήραν οι Γερμανοί. Να, εδώ τα έχω.
Έβγαλε το υφαντό, έσκυψε κι άνοιξε το μπαούλο. Έψαξε λίγο κι έδωσε στη Νικόλ ένα μικρό πακέτο.
– Είναι μια φωτογραφία του, στρατιώτης, και ένα σημειωματάριο. Δεν τ' αγγίξαμε τόσο καιρό...
Όλα τα παιδιά ήταν συγκινημένα, σηκώθηκαν κι έσφιξαν το χέρι της γριάς. Το καθένα τους κάτι θα ήθελε να της πει, όμως κανένα δε μίλησε.
Η Λίνα την αγκάλιασε και τη φίλησε στα δύο της μάγουλα.
Δάκρυα τρέχαν από τα μάτια της καλής γυναίκας. Τι τα χρειαζόταν τα λόγια; Η απλοϊκή καρδιά της μπορούσε να τα καταλάβει όλα.

Η Νικόλ προτείνει
ένα σπουδαίο σχέδιο

Δευτέρα πρωί. Ο Βύρων με τον Αλέξανδρο είχανε φύγει με το πρώτο βαπόρι για να πάνε στην Αθήνα, στις δουλειές τους. Η Ζωή βοηθούσε τη Δέσπω στην κουζίνα, και τα παιδιά, ο Αλέξης, ο Κλου και η Λίνα, είχε έρθει κι ο Άγγελος νωρίς νωρίς, μαζεμένοι στην πίσω βεράντα που δεν την έπιανε ο ήλιος, συζητούσαν ζωηρά.

Η Νικόλ, ξαπλωμένη σε μια πολυθρόνα λίγο πιο κει, φαινόταν σκεφτική. Δεν είχε πολυκοιμηθεί. Σκεφτόταν το Γερμανό της. Τα όσα είχε μάθει έριχναν κάποιο φως σε κείνα τα ξεχασμένα χρόνια. Θα έγραφε αμέσως στον καθηγητή της, όμως ένιωθε απογοητευμένη. Τον είχε συμπαθήσει τον Χανς Σουλτς, η σκέψη πως υπήρξε κλέφτης την πείραζε. Δε θα το φανταζόταν. Έμοιαζε καλός και τίμιος άνθρωπος. Γιατί να είχε κλέψει τις λίρες των Χαλδαίων; Τότε ήταν φοιτητής της αρχαιολογίας κι από καλή οικογένεια. Γιατί να είχε κάνει μια τόσο κακή πράξη; Άραγε θα ξανάβρισκε μια μέρα τη μνήμη του; Σκεφτόταν και την κυρα-Μαρία. Της είχε κάνει εντύπωση ο τρόπος της κι η καλοσύνη της. Δε θα 'ταν γραμματισμένη, κι όμως τα λόγια της είχαν μια διαύγεια φιλοσοφημένου ανθρώπου. Άκουγε τα παιδιά να μιλάνε κι ένιωθε λίγο κουρασμένη.

– Εσύ τι λες, Νικόλ; τη ρώτησε ο Άγγελος.

- Τι περισσότερο να πω από σας; Σωστά σκέφτεστε. Αν ο Χανς Σουλτς έκλεψε τις λίρες, κάπου τις έβαλε, εκτός κι αν τις ξόδεψε, μάλλον απίθανο. Μια και τον πήραν αναίσθητο, πληγωμένο, και μια κι ο Γιάννης Χαλδαίος δεν τις βρήκε στα πράγματά του, κάπου θα βρίσκονται. Αν μια μέρα θυμηθεί, θα μας το πει. Ελάτε τώρα, πάμε στο Μούντι για μπάνιο.

Έκανε να σηκωθεί.

- Μη φεύγεις, Νικόλ, της είπε ο Αλέξης, έχουμε κάτι να σου πούμε.

Η Νικόλ παραξενεύτηκε με το σοβαρό ύφος που είχαν πάρει τα παιδιά...

- Ναι, ξαναείπε ο Αλέξης, έχουμε κάτι να σου πούμε. Εσύ σκέφτεσαι το Γερμανό σου, η ιστορία του σ' ενδιαφέρει και ξεκίνησες από το Παρίσι με το σκοπό να τον βοηθήσεις. Κατάφερες να μάθεις γι' αυτόν. Εμείς όμως χτες το βράδυ, όταν γυρίσαμε εδώ, κι όταν πήγατε όλοι για ύπνο, χωρίς βέβαια να μας πάρει κανένας χαμπάρι, μείναμε πολλή ώρα σε τούτη τη βεράντα και τα είπαμε. Άλλο πρόβλημα μας απασχολεί. Το Γερμανό σου δεν τον ξέρουμε, κι εγώ, δε σου το κρύβω, δεν τον πολυσυμπαθώ. Δεν είχα και τόσο άδικο, κι ας με μάλωσε ο μπαμπάς. Ήταν στρατιώτης τότε στην Ελλάδα μας, που τόσα τράβηξε στην Κατοχή και να που βγαίνει και κλέφτης από πάνω.

- Μα, Αλέξη μου, είναι άρρωστος άνθρωπος και σαν άρρωστος...

- Καλά, καλά, την έκοψε νευριασμένος ο Αλέξης, μου το είπες και προχτές. Εμείς όμως, τώρα, άλλο βάλαμε στο νου μας. Να βοηθήσουμε την κυρα-Μαρία. Να βρούμε τρόπο να μαζέψουμε λεφτά γι' αυτή και τα εγγόνια της.

- Γιατί, βέβαια, συμπλήρωσε ο Κλου, αν βρει τα λογικά του και θυμηθεί, μπορεί να μάθουμε πού βρίσκονται οι λίρες, αν όμως όχι...
Ξαφνικά το πρόσωπο της Νικόλ άλλαξε έκφραση, σαν να πέρασε από το μυαλό της κάτι το καινούριο, κάτι το σημαντικό.
- Περιμένετε, έρχομαι αμέσως.
Σηκώθηκε απότομα και τρέχοντας μπήκε στο σπίτι.
- Τι έπαθε; αναρωτήθηκαν τα παιδιά.
Η Νικόλ γύρισε αμέσως, στα χέρια της κρατούσε ένα παλιό σημειωματάριο κι ένα φύλλο χαρτί. Κάθισε κοντά στα παιδιά.
- Έχω μια ιδέα, δεν ξέρω κατά πόσο στέκει, αλλά θα σας την πω. Χτες βράδυ κι εγώ δεν κοιμήθηκα πολύ, σκεφτόμουν και τον Χανς και την κυρα-Μαρία. Ξεφύλλιζα το καρνέ που ο Χανς είχε αφήσει στο δωμάτιό του και βρήκα μέσα κάτι που με παραξένεψε, για κοιτάξτε και σεις.
Τα παιδιά σκύψαν περίεργα να δουν. Σ' ένα από τα φύλλα που τους έδειχνε η Νικόλ, ήταν γραμμένες λίγες λέξεις κι ένα σχέδιο, παράξενο, ζωγραφισμένο με μολύβι.
- Σαν γρίφος μοιάζει, είπε ο Άγγελος και τ' άλλα είναι γερμανικά.
- Όχι όλα γερμανικά, είπε η Νικόλ, έχει και ελληνικά. Να εδώ γράφει grab-βροχή-όρος. Πιο κάτω: Επισκοπή, γενέθλια της Παναγίας, τάφος-αφανής-ναός, το σχέδιο μοιάζει μ' εκκλησία, και πάλι βροχή-Αιακός, εκεί έχει ένα σταυρό και πιο κει τον αριθμό 203.
- Τόσες ήταν οι λίρες, φώναξε η Λίνα.
- Αυτό σκέφτηκα κι εγώ, είπε η Νικόλ. Αν είχε κρύψει κάπου τις λίρες, μήπως αυτά είναι τα σημάδια που υπο-

νοούν το μέρος όπου τις έκρυψε· φοβόταν ίσως να τις έχει απάνω του και ίσως να 'θελε μια μέρα να ξαναγυρίσει να τις βρει.

- Τι θέλεις να πεις «υπονοούν»; ρώτησε ο Κλου, που δεν κατάλαβε.

- Να, σχεδίασε ίσως το μέρος που έχει βάλει τις λίρες κι έγραψε πλάι και βοηθητικές λέξεις για να τις ξαναβρεί. Γυάλιζαν τα μάτια των παιδιών.

- Και τι προτείνεις, Νικόλ; ρώτησε ανυπόμονα ο Αλέξης.

- Σ' αυτό το χαρτί έχω γραμμένα τα λόγια που λέει και ξαναλέει, μπορεί να 'χουν σχέση με τις λίρες, έχουμε και το σημειωματάριό του, αν σκεφτούμε πολύ, ίσως να βρούμε μια άκρη.

- Και το θησαυρό! Αυτό δε θέλεις να πεις; φώναξε ενθουσιασμένη η Λίνα.

- Ναι, αυτό θέλω να πω. Ίσως να σας φαίνεται απίθανος ο συλλογισμός μου, αλλά τι χάνουμε να δοκιμάσουμε; Έχουμε όλο το καλοκαίρι μπροστά μας.

Τα παιδιά είχαν σηκωθεί, δεν τα χωρούσε ο τόπος. Τα λόγια της Νικόλ, το σχέδιό της, είχαν κάνει τη φαντασία τους να δουλεύει σε γοργό ρυθμό.

- Για σκέψου να βρούμε τις λίρες και να τις δώσουμε στην κυρα-Μαρία, η Λίνα πηδούσε από τη χαρά της.

Ο Άγγελος ξανακάθισε:

- Πρώτα να μελετήσουμε όσα σχέδια έχουμε.

- Όχι, παιδιά, τώρα ας πάμε για μπάνιο, θα μας περιμένουν τα κορίτσια στο Μούντι. Μαζί τους θα καθίσουμε και θα τα πούμε.

Ο Αλέξης σήκωσε τους ώμους ενοχλημένος.

Η Νικόλ θύμωσε:

- Για στάσου, Αλέξη, πρέπει να κανονίσουμε κι αυτό το θέμα, αλλιώς δε γίνεται τίποτε. Τι σου έφταιξαν τα κορίτσια, γιατί τους φέρεσαι με τόση αγένεια; Φτάνει πια.

- Κι εγώ συμφωνώ με τη Νικόλ, είπε ο Κλου. Επειδή ήθελες να ξαναπάς στον Πόρο κι επειδή δεν πήγαμε κι έσκασες από το κακό σου, ξέσπασες το θυμό σου επάνω τους. Κι αναγκάζεις και μένα να τις αποφεύγω.

- Εγώ τις βρίσκω σπουδαίες και τις δύο, είπε η Λίνα.

- Κι εγώ το ίδιο, είπε ο Άγγελος.

- Η πλειοψηφία συμφωνεί πως έχεις άδικο. Τι αποφασίζεις; τον ρώτησε η Νικόλ.

Ο Αλέξης είχε σκύψει το κεφάλι. Ναι, είχε άδικο, μα πώς να τ' ομολογήσει και τι να κάνει; Να πάει να ζητήσει συγγνώμη στα κορίτσια; Ο εγωισμός του δεν τον άφηνε.

Η Λίνα θέλησε να τον βοηθήσει:

- Αλεξούλη, άφησέ με εμένα, θα πάω να τις βρω πριν από σας, και θα τα κανονίσω, ξέρω, άσε με.

Ο Αλέξης σήκωσε το κεφάλι του και κοίταξε την αδερφή του. Ξαφνικά όλα του φάνηκαν πολύ απλά. Ξεκαθάρισε η σκέψη του:

- Σ' ευχαριστώ, Λίνα μου, αλλά δε χρειάζεται, είμαι αρκετά μεγάλος. Εγώ θα πάω πρώτος κι εγώ θα διορθώσω τα πράγματα. Έχει δίκιο ο Κλου, φταίω, τα κορίτσια είναι μια χαρά.

Όλοι μαζί χειροκρότησαν τα λόγια του Αλέξη. Η Νικόλ είχε μια κρυφή αδυναμία σ' αυτό το αγόρι, από μικρό παιδί το είχε δει να μεγαλώνει. Τον φίλησε συγκινημένη. Δεν του είπε τίποτε, τα λόγια ήταν περιττά.

Εκείνη τη στιγμή παρουσιάστηκε στην πόρτα της βεράντας η Ζωή.
- Τι τρέχει; ρώτησε χαμογελώντας, θέατρο έχετε και χειροκροτάτε;
- Πάμε για μπάνιο, Ζωή, θα σου εξηγήσουμε αργότερα, τα σχέδιά μας είναι μεγαλεπήβολα.
- Αρχίζει η μεγάλη περιπέτεια! φώναξε ο Άγγελος.
- Πάμε, πάμε, φώναξαν όλοι μαζί.
Η Ζωή δεν καταλάβαινε, αλλά γελούσε με τούτο το πανδαιμόνιο. Χαιρόταν να βλέπει τα παιδιά της και την παρέα τους να έχουν κέφι.
Ο Αλέξης, χωρίς να τον πάρει κανένας είδηση, είχε φύγει. Έτρεχε μόνος του. Μέσα από το χωράφι, πήγαινε για το σπίτι των Καρυώτη.

Όταν τα παιδιά με τη Νικόλ φτάσανε στην αμμουδιά του Μούντι, είδαν τον Αλέξη με τη Ράνια και τη Σόφη ξαπλωμένους πάνω στο γρασίδι να μιλάνε ζωηρά. Μόλις τους πλησίασαν, ο Αλέξης σηκώθηκε απάνω. Τα κορίτσια γελούσαν. Ο Αλέξης ήταν χαρούμενος, σαν ξαλαφρωμένος από κάποιο βάρος:
- Να σας συστήσω τις καινούριες μου φίλες, τη Ράνια και τη Σόφη.
Η Λίνα ενθουσιασμένη χειροκρότησε:
- Τι ωραίο καλοκαίρι θα περάσουμε, ζήτω η Αίγινα!
Κανένας δε ζήτησε περισσότερες εξηγήσεις, η παρεξήγηση είχε λυθεί.
- Λοιπόν, λοιπόν, βιαζόταν ο Άγγελος. Θα μελετήσουμε τα στοιχεία, τα είπες, Αλέξη, στα κορίτσια;

- Ναι, μας εξήγησε ο Αλέξης το σχέδιο της Νικόλ, πότε αρχίζουμε;
- Δεν πάμε πρώτα να βουτήξουμε, είπε η Νικόλ, να ξυπνήσουμε; Έχουμε όλοι διαύγεια πνεύματος;
- Είμαστε ξύπνιοι, δε χρειάζεται, της φώναξε ο Κλου, όσο για την... αυτή του πνεύματος που λες, όποιος δεν έχει ας σηκώσει το χέρι.

Ο Κλου δεν ήξερε τι πάει να πει «διαύγεια», αλλά πάντα τα κατάφερνε να διασκεδάζει τους άλλους με τα εμπόδια που συναντούσε στην ελληνική γλώσσα. Ευτυχώς που δε θύμωνε ποτέ, όταν τον κορόιδευαν οι φίλοι του γελούσε μαζί τους.

- Εγώ, εγώ δεν έχω, πετάχτηκε το πειραχτήρι η Λίνα, θα πάω στο σπίτι να τη φέρω.

Η Νικόλ εξήγησε στον Κλου:
- Διαύγεια, ίσον καθαρό μυαλό. Λοιπόν, πάμε να κολυμπήσουμε;
- Τα παιδιά όμως δε συμφώνησαν μαζί της, βιάζονταν να μπει το σχέδιο εμπρός.

Μα εδώ στην πλαζ θα είναι δύσκολα, ο κόσμος θα μας κοιτάει, θ' ακούει...
- Ε, και; της είπε ο Κλου. Τι φοβάσαι, μη μας κλέψουν το μυστικό του χαμένου θησαυρού;

Η Ράνια πρότεινε:
- Δεν πάμε καλύτερα στο σπίτι μας, εκεί θα έχουμε απόλυτη ησυχία, η μαμά κατέβηκε στην Αίγινα για ψώνια, θ' αργήσει. Κι ύστερα, είπε κι ένα ελαφρό κοκκίνισμα έβαψε τα μάγουλά της: Δεν είδατε ακόμα το σπίτι μας, είναι πολύ ωραίο, ξέρετε...

Ο Αλέξης αμέσως συμφώνησε:
- Πάμε, πάμε.
Έπιασε τη Ράνια από το χέρι και προχώρησαν.
Η Νικόλ ακολούθησε τα παιδιά μονολογώντας:
- Θα ήθελα να ξέρω, ποιος τέλος πάντων είναι ο αρχηγός;...
Το λυόμενο των Καρυώτη ήταν πράγματι καταπληκτικό. Πάνω στο ύψωμα με μια τεράστια βεράντα, απ' όπου φαινόταν όλη η θάλασσα και τ' αντικρινά βουνά. Τοίχοι από ξύλο, τζαμένια τεράστια πορτοπαράθυρα, ξύλινα κάγκελα, που χρησίμευαν και για ράχη σ' ένα μεγάλο πάγκο, έπιαναν όλο το μπρος μέρος της βεράντας.
- Ελάτε να δείτε και τα δωμάτια, τους είπε περήφανη η Σόφη.
Όλοι θαύμασαν την ευρυχωρία, τα μοντέρνα ξύλινα έπιπλα, ίδιο χρώμα με τους τοίχους, το τζάκι που είχε το μεγάλο δωμάτιο.
- Θα έρχεστε, λοιπόν, και το χειμώνα; ρώτησε ο Κλου.
- Δεν ξέρουμε, του είπε η Ράνια, τώρα το 'φτιαξε ο μπαμπάς, δε μας είπε ακόμη.
- Αν δεν έρχεστε σεις, θα κουβαλάτε το σπίτι στην Αθήνα ή όπου αλλού θέλετε, τι λυόμενο είναι! είπε η Λίνα.
Τα παιδιά γελούσαν με το παραμικρό, η χαρά τους ήταν έκδηλη, λες και τούτη τη στιγμή ξεκινούσε ένα όμορφο καλοκαίρι. Ο Άγγελος όμως ανυπομονούσε, δεν κρατιόταν άλλο:
- Λοιπόν, θ' αρχίσουμε;
Βγήκαν στη βεράντα, κάθισαν άλλοι στον πάγκο, άλλοι στις πολυθρόνες.
Η Νικόλ έβγαλε από την τσάντα της το σημειωματάριο,

το χαρτί που είχε φέρει από το Παρίσι με τις παρατηρήσεις του γιατρού Σπακ και τη φωτογραφία του Χανς: έδειχνε ένα νέο ξανθό, όμορφο, με τη στολή του Γερμανού στρατιώτη.

— Αυτή τι να την κάνουμε; Σε τι θα μας βοηθήσει; ρώτησε ο Άγγελος.

— Σε τίποτε, του απάντησε η Νικόλ, θα είναι ο Χανς, που ακόμη δεν μπορεί να μιλήσει, θα μας ακούει βουβά, θα μας βοηθήσει με τη σιωπή του. Ό,τι κάνουμε, θα το κάνουμε για δύο λόγους: για τον Χανς, που πρέπει να ξαναβρεί τη μνήμη του, και για την κυρα-Μαρία, που θέλει να σπουδάσουν τα εγγόνια της. Συμφωνείτε; ρώτησε κοιτώντας τον Αλέξη.

Ο Αλέξης δε δίστασε καθόλου ν' απαντήσει, του είχε φύγει κάθε πείσμα.

— Συμφωνώ, είπε, λες και η ερώτηση είχε γίνει μόνο γι' αυτόν.

— Εντάξει, λοιπόν, αρχίζουμε, είπε η Νικόλ, και καλή τύχη. Για να δούμε, τι στοιχεία έχουμε: λέει και ξαναλέει τις ίδιες πάντα λέξεις, τις έχω όλες γραμμένες· οι περισσότερες είναι στα ελληνικά και μερικές στα γερμανικά: τέμπελ, εκκλησία, πηγάδι, Νεκτάριος, Χαλδαίος, Βαγία, ναός, στο σημειωματάριο είδαμε πως έχει grab, που θα πει τάφος, βροχή, όρος, Επισκοπή, γενέθλια της Παναγίας, αφανής, ναός, στο σχέδιο έχει μια εκκλησία και κάτι που μοιάζει με πηγάδι, στο δεξί του μέρος είναι ένας σταυρός και ο αριθμός 203 και πάλι βροχή και Αιακός. Αυτά είναι όλα όσα έχουμε.

— Γρίφος, είπε η Λίνα.

— Λέγε εσύ, Άγγελε, που ξέρεις τα πολλά.

Ο Άγγελος στερέωσε τα γυαλιά του πάνω στη μύτη του. Προσπαθούσε να συγκεντρωθεί:
- Ομολογώ πως χρειάζεται σκέψη.

Η Ράνια μίλησε:
- Μου επιτρέπετε να πω κι εγώ τη γνώμη μου, ή μάλλον ν' ανακεφαλαιώσω όσα μας είναι γνωστά;
- Για πες, της είπαν όλοι.
- Λοιπόν, το Βαγία το βρήκαμε, ας το σβήσουμε, ζούσε στη Βαγία. Το Χαλδαίος επίσης, έμενε στο σπίτι του, το 203, θα εννοεί τις 203 λίρες, ο αφανής, ίσως να θέλει να πει πως έκρυψε τα χρήματα και δε φαίνονται, ήξερε ελληνικά μια και ήταν φοιτητής αρχαιολογίας. Μας μένουν οι άλλες λέξεις, ναός, grab, γενέθλια της Παναγίας, βροχή, όρος και εκκλησία.
- Πολύ σωστά τα είπε η Ράνια, πρέπει να βρούμε το τι θέλει να πει με τις άλλες λέξεις. Το Νεκτάριος, που όλο επαναλαμβάνει, και το πηγάδι, ο ναός και η Επισκοπή.

Έβγαλε τα μεγάλα γυαλιά της και με τα δύο δάχτυλα έσφιξε το πάνω μέρος της μύτης της. Σκεφτόταν.

Ο Άγγελος ξαφνικά πετάχτηκε επάνω:
- Έχω μια ιδέα, πριν έρθω στην Αίγινα μελέτησα πολύ, όπως σας είπα, την ιστορία της. Στην Παλιαχώρα, υπάρχει το μοναστήρι του Αγίου Νεκταρίου, εκεί υπάρχει κι ο τάφος του, και η εκκλησία, αλλά ακόμη κάτι καλύτερο, ε- κεί υπάρχουν πολλές εκκλησίες, και μια απ' αυτές είναι η Επισκοπή, έτσι λέγεται.
- Και λοιπόν; ρώτησε ο Αλέξης, λες να 'κρυψε το θησαυρό στον τάφο του Αγίου Νεκταρίου;
- Άσε με να τελειώσω· στην Επισκοπή, διάβασα, μέσα στο ιερό, υπάρχει ένα πηγάδι. Δείξε μου, Νικόλ, το σχέ-

διο. Να, αυτό μοιάζει με εκκλησία, κι αυτό μοιάζει με πηγάδι κι έχει μέσα ένα σταυρό, το 203 είναι λίγο πιο κει, τι λέτε λοιπόν;

Όλοι τον άκουγαν προσεχτικά, ο συλλογισμός του έξυπνου Άγγελου δεν ήταν καθόλου απίθανος.

Η Νικόλ έκλεισε τα μάτια, δεν είχε ξαναβάλει τα γυαλιά της, λες κι αυτό τη βοηθούσε να συγκεντρωθεί.

– Άγιος Νεκτάριος. Επισκοπή, ναός, πηγάδι, σταυρός, 203, γιατί όχι, ίσως και να τα 'κρυψε εκεί. Πού βρίσκεται όμως, Άγγελε, η Παλιαχώρα;

– Αρκετά μακριά από δω, πάει λεωφορείο από το λιμάνι.

– Δηλαδή, ρώτησε η Λίνα, πού θα ψάξουμε, στον Άγιο Νεκτάριο που έχει και τάφο ή στην Επισκοπή;

– Μάλλον στην Επισκοπή, εκεί έχει πηγάδι, δεν άκουσα να 'χει τάφο.

– Κι αν κρατούσε απλώς σημειώσεις από τα μέρη που έβλεπε; ρώτησε η Σόφη.

– Κι αυτό σωστό, είπε η Νικόλ, αλλά θα πρέπει να βεβαιωθούμε, να δούμε με τα μάτια μας αν υπάρχει καμιά πιθανή κρυψώνα. Ο Άγγελος έχει δίκιο, τα στοιχεία που έχουμε μας οδηγούν στην Επισκοπή.

– Πότε θα πάμε; ρώτησε η Λίνα.

– Πού να πάτε; ακούστηκε μια φωνή.

Η Σάσω φορτωμένη με ψώνια ανέβαινε την ξυλένια σκάλα.

– Μαμά, μαμά, πετάχτηκαν τα δύο κορίτσια μαζί. Θέλουμε να πάμε στην Παλιαχώρα, μας αφήνεις; Θα πάμε με τη Νικόλ.

– Πολύ ωραία ιδέα. Θέλω κι εγώ να δω το μοναστήρι

και τις εκκλησίες που απομένουν, να κανονίσουμε να πάμε όλοι μαζί, και η Ζωή και η Βέρα.
- Μα εμείς βιαζόμαστε, είπε η Λίνα.
- Ποιος μας εμποδίζει να πάμε αύριο; είπε η Σάσω και μπήκε μέσα στο σπίτι.

Τα παιδιά κοιτάχτηκαν:
- Λοιπόν, αύριο στην Παλιαχώρα;
- Ναι, συμφώνησαν όλοι, αλλά καλύτερα να μην πούμε το σχέδιο στις μητέρες μας.

Στην Παλιαχώρα

Η συμφωνία ανάμεσα στις μητέρες και τα παιδιά είχε γίνει: θα έπαιρναν το λεωφορείο της Πέρδικας που περνούσε από το Μούντι, στις τέσσερις το απόγευμα και θα κατέβαιναν στο λιμάνι. Από κει, το λεωφορείο της Αφαίας θα τους άφηνε μπροστά στο μοναστήρι της Αγίας Τριάδας.

Από το πρωί τα παιδιά ήταν εκνευρισμένα, περίμεναν ανυπόμονα να φτάσει το απόγευμα. Ατέλειωτες οι ώρες. Ούτε η θάλασσα ούτε τα παιχνίδια της τις έσπρωχναν. Η Βέρα, αν και δύσκολα θυσίαζε το μεσημεριάτικο ύπνο της, είχε πει πως θα πήγαινε μαζί τους. Ήθελε να δει το μοναστήρι και τις εκκλησίες.

Όλοι λοιπόν, μικροί και μεγάλοι, στις τέσσερις περίμεναν πάνω στο δρόμο, κάτω από τον ήλιο που ακόμη αργούσε να φτάσει στη δύση του. Ζέστη. Το λεωφορείο έφτασε ευτυχώς με λίγα λεπτά καθυστέρηση. Ήταν γεμάτο. Γυναίκες που κατέβαιναν για ψώνια και νεαροί που πήγαιναν για ένα παγωτό στο μεγάλο ζαχαροπλαστείο «Αιάκειον» ή, αργότερα, για έναν κινηματογράφο. Ήταν κι ένα ζευγάρι Γάλλων με τις αποσκευές τους. Γινόταν μεγάλη φασαρία. Όλοι μιλούσαν δυνατά.

– Δέκα εισιτήρια, είπε η Ζωή που είχε αναλάβει να πληρώνει τα ναύλα.

- Μπράβο, θαύμασε ο εισπράκτορας, μεγάλη οικογένεια έχετε, κυρία μου.
- Και δεν είμαστε όλοι, έχουμε αφήσει τους άλλους μισούς στο σπίτι.
- Η μαμά είναι στα κέφια της, ψιθύρισε ο Αλέξης στο αυτί της Ράνιας.
- Κι η δική μου, του απάντησε χαμηλόφωνα η Ράνια. Κοίταξέ τες, μοιάζουν σαν μαθήτριες που πάνε εκδρομή.
- Και τι νομίζεις, είπε ο Κλου, που στεκόταν πλάι τους, επειδή είναι μεγάλες διαφέρουν από μας; Δε βαριέσαι, κάνουν τις σοβαρές και τις αυστηρές γιατί έτσι πρέπει, αλλιώς θα έκαναν και κείνες τρέλες.
- Ξέρεις, λέω πως θα 'πρεπε καλύτερα να τους πούμε για την Επισκοπή και το κόλπο που σχεδιάζουμε, ξαναμίλησε σιγανά η Ράνια.
- Τρελάθηκες, τη σκούντηξε ο Αλέξης, κι αν δε μας αφήσουν, τι γίνεται τότε;

Τ' άλλα παιδιά είχαν προχωρήσει μπροστά με τη Βέρα και τη Νικόλ. Κανένας δεν είχε βρει θέση για να καθίσει.

Ο Άγγελος μιλούσε στη Σόφη και τη Λίνα:
- Μητροπολίτης ήταν ο Νεκτάριος κι αυτός έκτισε τη γυναικεία μονή του 1904, κι όταν πέθανε, το 1920, η εκκλησία τον έκανε άγιο κι ο τάφος του, που βρίσκεται κοντά στο ναό, είναι γεμάτος τάματα και καντήλια.

Η Λίνα τον άκουγε και σκεφτόταν: «Σαν βιβλίο μιλάει, όταν παίρνει φόρα τα λέει όλα αποστήθιση».
- Πες μας για την Επισκοπή, προς το παρόν δε μας ενδιαφέρει το μοναστήρι.
- Όλα πρέπει να τα μαθαίνεις, της είπε με ύφος δασκαλίστικο ο Άγγελος. Εκεί που πάμε τώρα, ήταν χτισμέ-

νη η Μεσαιωνική Αίγινα, και ήταν πρωτεύουσα του νησιού και την έλεγαν «Αίγενα». Χτίστηκε ύστερα από μια φοβερή επιδρομή των Σαρακηνών κουρσάρων το 896 μ.Χ. Εκείνη την εποχή, οι παραλίες ήταν πιο επικίνδυνοι τόποι από τους λόφους και τις πλαγιές. Οι κάτοικοι της Παλιαχώρας ήταν ναυτικοί, έμποροι και σε δύσκολες περιστάσεις πειρατές. Για το εμπόριό τους είχαν το λιμάνι της Σουβάλας.

- Έχει πολλά σπίτια; τον ρώτησε η Σόφη.

Τα λόγια του Άγγελου της θύμιζαν παραμύθι:

- Τότε είχε πολλά και κάστρο βενετσιάνικο υπήρχε πάνω στην κορυφή του βουνού. Τώρα είναι ένας ερειπωμένος τόπος. Ο πολυθρύλητος Βαρβαρόσας το 1537, κι αργότερα ο Μοροζίνης, τα έκαψαν όλα, μόνο τις εκκλησίες δεν πείραξαν, γιατί φαίνεται πως είχανε το φόβο του Θεού.

Οι επιβάτες που ήταν καθισμένοι στα μπροστινά καθίσματα άκουγαν κι αυτοί τον Άγγελο προσεχτικά. Ο οδηγός, ένας μεσόκοπος άντρας με μεγάλα μουστάκια, κούνησε το κεφάλι του:

- Μπράβο, παιδί μου, είμαι Αιγινήτης γέννημα και θρέμμα, έχω πάει πολλές φορές στην Παλιαχώρα και όλ' αυτά δεν τα 'ξερα. Κρίμα που φτάσαμε, ν' άκουγα κι άλλα...

Το αυτοκίνητο είχε φτάσει στο τέρμα του.

Πριν κατεβούν, η Βέρα τον ρώτησε από πού θα 'παιρναν το λεωφορείο για το Μοναστήρι.

- Από δω, αλλά πρέπει να περιμένετε, δεν έχει έρθει ακόμη και φεύγει σε 40 λεπτά για την Αφαία.

- Πάμε τότε στο «Αιάκειο», είπε η Ζωή, να μη στεκόμαστε όρθιοι.

Γεμάτο ήταν το ζαχαροπλαστείο. Άλλοι που περίμεναν βαπόρι για τον Πειραιά, άλλοι μια συγκοινωνία για κάποιο μέρος του νησιού.

Όλα τα παιδιά παράγγειλαν παγωτό, οι μητέρες με τη Νικόλ προτίμησαν να πιουν καφέ.

– Γιατί άραγε να λέγεται «Αιάκειο» τούτο το ζαχαροπλαστείο; ρώτησε η Νικόλ.

– Εγώ να σου πω, πετάχτηκε αμέσως ο Άγγελος.

Η Βέρα χαμογέλασε: «Αχ, αυτό το παιδί! Μια φορητή εγκυκλοπαίδεια είχε καταντήσει, όλα τα ήξερε, όλα τα μάθαινε. Το κεφάλι του ήταν διαρκώς σκυμμένο πάνω στα βιβλία. Ευτυχώς που είχε βρει την παρέα των φίλων του. Θα του έκανε καλό. Σ' αυτή την ηλικία, χρειάζεται και το παιχνίδι».

– Λέγε, Άγγελε, του είπαν όλα τα παιδιά.

Η ώρα θα περνούσε γρήγορα με τις ιστορίες του φίλου τους.

Άρχισε ο Άγγελος να μιλάει και τα 'λεγε όλα μονορούφι, μην και δεν τα προλάβει.

– Ο Αιακός ήταν βασιλιάς στην Αίγινα κι ήταν δίκαιος και καλός. Ξακουστός σ' όλη την Ελλάδα. Ο Δίας τον αγαπούσε και τον προστάτευε. Κάποτε, που είχε μεγάλη ξηρασία σ' όλη την Ελλάδα, οι Έλληνες κατέφυγαν στο μαντείο των Δελφών και η Πυθία τους είπε: «Μόνο αν προσευχηθεί ο Αιακός θα βρέξει». Και τότε έστειλαν πρεσβεία στην Αίγινα να βρει τον Αιακό, και κείνος ανέβηκε στο πιο ψηλό βουνό, το «Όρος», και παρακάλεσε το Δία να στείλει βροχή κι αμέσως έβρεξε. Ευγνώμων ο βασιλιάς, έκτισε πάνω στην κορυφή του βουνού ένα ιερό, αφιερωμένο στον Ελλάνιον Δία, κι αυτό το βουνό, το ψηλότερο της

Αίγινας, πήρε το όνομα Ελλάνιον όρος, δηλαδή βουνό αφιερωμένο απ' όλους τους Έλληνες στο θεό της βροχής, το Δία.
– Φάε το παγωτό σου, Άγγελε, θα λιώσει, τον έκοψε η Ζωή.
– Πάρε ανάσα, του είπε και η μητέρα του.
Ο Άγγελος, όμως, συνέχισε σαν να μην είχε ακούσει τίποτε:
– Μα ο καλός αυτός βασιλιάς στάθηκε άτυχος με τα παιδιά του. Είχε τρεις γιους, τον Πηλέα, τον Τελαμώνα και το Φώκο. Οι δύο πρώτοι έφυγαν από την Αίγινα, πολέμησαν, σκοτώθηκαν, κι ο Φώκος σκοτώθηκε από τα ίδια του τ' αδέρφια μια μέρα που γυμναζόταν. Ο τάφος του υπήρχε κοντά στην Κολόνα. Αυτή είναι η παράδοση, ο μύθος. Όταν πέθανε ο Αιακός, έγινε ένας από τους τρεις κριτές του Άδη, μαζί με το Ραδάμανθυ και το Μίνωα, το γνωστό βασιλιά της Κρήτης. Οι αρχαιολόγοι τοποθετούν τον Αιακό...
– Να το λεωφορείο, φώναξε η Βέρα, πάμε να βρούμε και θέση.
Όλοι σηκώθηκαν και τρέξαν προς τα κει. Ο Άγγελος απτόητος τους ακολούθησε λέγοντας:
– Οι αρχαιολόγοι λένε πως έζησε το 13ο αιώνα π.Χ...
Κανένας όμως δεν τον πρόσεχε πια.

Η διαδρομή λιμάνι-Παλιαχώρα δεν ήταν και πολύ μεγάλη, ούτε καν μισή ώρα.
Όταν έφτασαν, κόντευε έξι το απόγευμα κι ο ήλιος δεν έκαιγε τόσο. Οι μητέρες είχαν αποφασίσει να πάνε πρώτα στο μοναστήρι και στον τάφο του Αγίου Νεκταρίου. Αλλά

η παρέα των παιδιών είχε αλλού το μυαλό της: στην Επισκοπή, που βρισκόταν ψηλά πάνω στο βουνό.

– Μπορούμε να προχωρήσουμε, μαμά; ρώτησε ο Αλέξης, πιο ανυπόμονος απ' όλους.

Η Ζωή έριξε μια ματιά στον απέναντι λόφο που φαινόταν έρημος και κοίταξε ερωτηματικά τη Σάσω.

– Ας προχωρήσουν, δεν έχουν φόβο, είπε εκείνη, άλλωστε κι εμείς δεν πρόκειται ν' αργήσουμε.

– Μα κι εγώ θα πάω μαζί τους, είπε η Νικόλ.

– Εντάξει λοιπόν, θα μας περιμένετε στην Επισκοπή, σύμφωνοι;

– Σύμφωνοι, φώναξαν τα παιδιά.

Οι τρεις μητέρες έστριψαν δεξιά για την Αγία Τριάδα και τα παιδιά με τη Νικόλ άρχισαν ν' ανεβαίνουν τον ανηφορικό δρόμο.

– Νομίζω πως πρέπει να βιαστούμε, είπε η Ράνια, για να μη μας προλάβουνε.

– Σωστά, ανοίξτε βήμα, κι ο Άγγελος ξεκίνησε μπροστά. Νομίζω πως ακολουθώντας το χωματόδρομο θα βρούμε εύκολα το καλντερίμι που οδηγεί στην Επισκοπή.

Η Λίνα τον πείραξε:

– Καημένε Άγγελε, όλο ερείπια είναι. Πού μπορεί να βρίσκεται η Επισκοπή, πίσω από κανένα βραχάκι;

– Κουτή, της εξήγησε αμέσως ο Άγγελος, όλα αυτά τα ερείπια είναι οι εκκλησιές που απομένουν από τις τόσες πολλές, καμιά τριανταριά μόνο, και ήταν, λένε, 350. Μια απ' αυτές θα 'ναι και η Επισκοπή.

Η Λίνα δε μίλησε. Περπατούσε μέσα στο χορταριασμένο κι άδειο δρόμο. Το παιδιάστικο μυαλό της αλλιώς τα είχε φανταστεί.

Μα και τ' άλλα παιδιά νιώθαν απογοήτευση. Αυτό το έρημο, το άδεντρο τοπίο, με τους βράχους και τα πολλά αγκάθια, τις γκρεμισμένες εκκλησιές, σπαρμένες εδώ κι εκεί, πάνω στην πλαγιά, προκαλούσε ένα καταθλιπτικό συναίσθημα μελαγχολίας.

Η Νικόλ είχε ξεχάσει τον Χανς και την κυρα-Μαρία, σκεφτόταν πως κάποτε εδώ κυριαρχούσε η ανθρώπινη παρουσία. Δρόμοι, σπίτια, εκκλησιές, κάστρα, χωράφια, περιβόλια... Και τώρα, τι είχε απομείνει με το πέρασμα του χρόνου; Τούτος ο τόπος, που τον ξέραινε ο καυτός ήλιος και δεν άφηνε ούτε ένα δέντρο να καρπίσει.

Ανέβαιναν γρήγορα και λαχανιαστά.

– Ποια να 'ναι η Επισκοπή; Μας είπαν πως έχει φύλακα, πώς θα τα καταφέρουμε να μπούμε στο ιερό; ρώτησε ο Αλέξης.

– Μπορεί και να λείπει, είπε η Ράνια.

– Αν όμως τον βρούμε εκεί; αναρωτιόταν η Λίνα.

Κάθε τόσο σήκωνε τα μαλλιά της ψηλά για να δροσίζεται ο σβέρκος της.

– Εσείς με τη Νικόλ να βρείτε κάποιον τρόπο να τον απομονώσετε κι εγώ με τη Ράνια θα κρυφτούμε στο ιερό.

– Αφήστε πρώτα να φτάσουμε και βλέπουμε, είπε η Νικόλ στον Αλέξη.

– Να μια εκκλησιά, φώναξε ο Άγγελος που προπορευόταν, ίσως να 'ναι του Σταυρού, ή μάλλον ο Άγιος Αθανάσιος, αυτή εκεί ψηλά πρέπει να είναι η Επισκοπή.

Η Ράνια απορούσε και θαύμαζε τις γνώσεις του Άγγελου.

– Έχεις ξανάρθει; τον ρώτησε.

– Όχι, πρώτη φορά έρχομαι.

- Τότε, πώς ξέρεις πως τούτο το εκκλησάκι μπορεί να 'ναι ο Άγιος Αθανάσιος και τ' άλλο η Επισκοπή;
- Είναι πολύ απλό και δε θέλει μεγάλη εξυπνάδα. Διάβασα πως ο Άγιος Αθανάσιος και η Επισκοπή έχουν σχήμα βασιλικής με τρούλο. Και πως είναι κοντά· λοιπόν, αν αυτός εκεί είναι ο Άγιος Αθανάσιος, εκεί ψηλά θα 'ναι η Επισκοπή. Να, φαίνεται καθαρά ο τρούλος της.

Ο Άγγελος δεν είχε γελαστεί. Σε δέκα λεπτά τα παιδιά πατούσαν τη μικρή αυλή της Επισκοπής, που ήταν χτισμένη μέσα σ' ένα βράχο. Λίγο πιο ψηλά υπήρχαν δύο χωριστά κελιά.

- Ένα δροσερό αεράκι φύσηξε τα ιδρωμένα τους πρόσωπα.
- Ας μπούμε, είπε η Νικόλ ρίχνοντας μια ματιά από την ανοιχτή πόρτα. Ο φύλακας είναι μέσα.

Τα παιδιά, χωρίς θόρυβο και χωρίς να μιλάνε, προχώρησαν στο εσωτερικό του ναού. Στη μέση στεκόταν μια γυναίκα που έμοιαζε σαν ξένη περιηγήτρια, με τη φωτογραφική μηχανή κρεμασμένη στο λαιμό της. Κοιτούσε με προσοχή τις τοιχογραφίες στους τοίχους και στον τρούλο, καθώς και το τέμπλο με τις δύο θαυμάσιες εικόνες του.

Τα παιδιά κοντοστάθηκαν κι έμειναν για λίγο ακίνητα, μέσα στο δροσερό μισόφωτο. Λίγο παράμερα, ο φύλακας περίμενε αμίλητος.

Ο Κλου σκέφτηκε πως τούτη η ξένη έμοιαζε με Γαλλίδα, την είδε να διστάζει μπροστά στο ιερό, την πλησίασε και της μίλησε γαλλικά. Τη ρώτησε αν ήθελε να επισκεφτεί το εσωτερικό. Δεν είχε πέσει έξω. Ήταν πράγματι Γαλλίδα και χάρηκε που άκουσε το αγόρι να της μιλά στη γλώσσα της.

- Θα το ήθελα πολύ, αλλά μου είπαν πως στις εκκλησιές στην Ελλάδα δεν επιτρέπεται η είσοδος στο βωμό.
- Θα ζητήσω την άδεια, της είπε ευγενικά.

Στράφηκε προς το φύλακα και εξήγησε:
- Η κυρία ρωτάει αν μπορεί να επισκεφτεί το ιερό.
- Και βέβαια, απάντησε πρόθυμα ο φύλακας. Αν διψάτε, μπορώ να σας δώσω να πιείτε δροσερό νερό από το πηγάδι.

Τα παιδιά ταράχτηκαν. Το «πηγάδι». Το πηγάδι «τους».

Ο Κλου έκανε νόημα στην κυρία πως επιτρέπεται, κι όλοι μαζί, με κάποιο δέος, μπήκαν στο ιερό. Δεν ήταν πολύ ευρύχωρο, ίσα ίσα τους χωρούσε. Στη μέση η Αγία Τράπεζα κι απέναντι η κόχη της προθέσεως. Ο θόλος του ολόκληρος εικονογραφημένος. Ο Χριστός ανάμεσα στα σύμβολα των Ευαγγελιστών. Άγγελοι και Άγιοι. Πιο κάτω μια σειρά από βουνά και στις γωνιές παράξενα θηρία της Αποκάλυψης. Δίπλα στην Αγία Τράπεζα, αριστερά, ήταν το πηγάδι, πιο κει ένας κουβάς με το σχοινί του.

Η Λίνα, στα νύχια των ποδιών, το πλησίασε και έσκυψε από πάνω. Ξαναγύρισε κοντά στον Άγγελο.

- Είναι βαθύ, αλλά πολύ στενό, άνθρωπος δεν κατεβαίνει, του ψιθύρισε, ούτε εγώ που είμαι μικρή.

Ο φύλακας, που είχε μείνει έξω από το ιερό, παρατηρούσε τα παιδιά. Τους εξήγησε:

- Το πηγάδι που βλέπετε έχει, φαίνεται, υπόγεια πηγή και το νερό του είναι «αγίασμα». Κάθε χρόνο στα γενέθλια της Παναγίας, στις 8 Σεπτεμβρίου, γίνεται μεγάλη τελετή.
- Τα «γενέθλια της Παναγίας» του Χανς, μουρμούρισε η Σόφη στον Αλέξη.

Η Γαλλίδα ρώτησε τον Κλου τι έλεγε ο φύλακας, ήθελε κι αυτή να μάθει, το πηγάδι της είχε κάνει εντύπωση. Ο Κλου της εξήγησε και ξαφνικά του πέρασε μια σκέψη:

– Θέλετε, τη ρώτησε, να παρακαλέσουμε το φύλακα να μας δείξει και τις πιο πάνω εκκλησιές, θα σας εξηγώ όσα θα μας λέει, έχει πολλά ενδιαφέροντα η Παλιαχώρα.

Η Γαλλίδα ευχαριστήθηκε πολύ με την προθυμία του νεαρού συμπατριώτη της και δέχτηκε με χαρά την πρότασή του.

Ο Κλου γύρισε προς τη Νικόλ και της έκλεισε το μάτι.

– Άκουσα, του είπε εκείνη, ας μείνουν πίσω η Ράνια με τον Αλέξη και μεις να προχωρήσουμε.

Ο Κλου βγήκε αμέσως από το ιερό και πλησίασε το φύλακα. Με το πιο αθώο του ύφος του είπε:

– Η ξένη κυρία θα ήθελε πολύ να της δείξετε και τις άλλες εκκλησιές, αλλά και μεις έχουμε μεγάλη περιέργεια να τις δούμε. Σίγουρα θα ξέρετε ένα σωρό πράγματα να μας πείτε. Σας παρακαλούμε, θέλετε να κάνετε τον ξεναγό;

Ο φύλακας ευχαριστήθηκε. Η Επισκοπή δεν είχε συχνά επισκέπτες και οι ώρες του κυλούσαν μονότονες κι ανιαρές. Με πολλή χαρά θα τους πήγαινε παντού και βέβαια ήξερε την ιστορία κάθε εκκλησιάς.

– Ελάτε, θα κλειδώσω την Επισκοπή και πάμε.

Προχώρησε έξω στο προαύλιο· τον ακολούθησε η Νικόλ.

– Σας παρακαλώ, τον ρώτησε, τι είναι αυτά εκεί;

Αναγκαστικά ο φύλακας γύρισε την πλάτη του στην πόρτα της Επισκοπής για να κοιτάξει προς το μέρος που του έδειχνε η Νικόλ.

- Είναι δύο κελιά, της απάντησε. Στο δεξί κελί που έχει και τζάκι, έμενε ο 'Αγιος Διονύσιος που ήταν επί τρία χρόνια επίσκοπος Αιγίνης, κι από δω, είπε ο φύλακας και γύρισε ξανά προς την πόρτα του ναού, μοίραζε το αντίδωρο μετά τη Θεία Λειτουργία.

Έδειξε ένα μικρό μαρμάρινο θρόνο, φραγμένο με κάγκελα.

Η Γαλλίδα είχε βγει κι εκείνη έξω και κάτι της εξηγούσε ο Κλου. Η Σόφη ρώτησε με τελείως αδιάφορο ύφος:

- Πού φύγαν τρεχάτοι ο Αλέξης με τη Ράνια;

Η Λίνα βιάστηκε ν' απαντήσει, τα μάγουλά της είχαν αναψοκοκκινίσει.

- Πάνε στο μοναστήρι να βρούνε τις μαμάδες.

Ο φύλακας έβγαλε από την τσέπη του ένα μεγάλο κλειδί.

- Είναι η μόνη εκκλησιά που πρέπει να κλειδώνεται.

Τα παιδιά κοιτάχτηκαν ταραγμένα. Αυτό δεν το είχαν προβλέψει.

Σε λίγο ανέβαιναν τον ανηφορικό δρόμο, ακολουθώντας τον πρόθυμο φύλακα και ξεναγό τους.

Όταν ο Αλέξης άκουσε το τρίξιμο που έκανε το κλειδί πάγωσε ολόκληρος. Έπιασε το χέρι της Ράνιας και το 'σφιξε δυνατά. Τα παιδιά, κρυμμένα πίσω από το ιερό, δεν κούνησαν, δε μίλησαν. Κοιτάχτηκαν μόνο σαν να έλεγαν: και τώρα, τι γίνεται; Όταν απόλυτη ησυχία απλώθηκε τριγύρω, όταν σιγουρεύτηκαν πως όλοι είχαν απομακρυνθεί, σηκώθηκαν.

Η Ράνια ψιθύρισε πρώτη:

- Και πώς θα βγούμε;

- Δεν το σκέφτηκα πως θα κλείδωνε την πόρτα.
- Τι θα πούμε του φύλακα;
- Πως ξεχαστήκαμε στο ιερό.
- Μα δεν άκουσες τη Σόφη και τη Λίνα που λέγανε πως πήγαμε στο μοναστήρι; Κι αν φτάσουν στο μεταξύ οι μητέρες μας και δε βρούνε κανένα;
- Δεν ξέρω. Τώρα πρέπει να κάνουμε γρήγορα, τουλάχιστο να προλάβουμε.

Ο Αλέξης κοίταξε γύρω του, παντού.
- Στο πηγάδι αποκλείεται να υπάρχει κρυψώνα, είναι στενό και είναι ίσαμε το έδαφος. Ας πιάσουμε τους τοίχους, δεν υπάρχει άλλη πιθανότητα. Ας αρχίσουμε από δεξιά, ο σταυρός του Χανς είναι δεξιά.
- Ναι, αλλά το σχέδιό του μοιάζει με τρύπα.
- Μπορεί, αλλά ίσως να εννοεί το εσωτερικό του ιερού.

Νευρικά, βιαστικά, τα χέρια των παιδιών άρχισαν να χαϊδεύουν τον τοίχο με την ελπίδα να νιώσουν με την αφή κάποια ανωμαλία, μια προεξοχή, μια ξένη πέτρα που θα ήταν δυνατό να σκεπάζει κάποια εσοχή. Ο τοίχος όμως ήταν χωρίς κανένα μυστήριο και δεν τους έδινε καμιά ελπίδα.

- Τον άλλο τώρα, γρήγορα, είπε ο Αλέξης.

Ξανάρχισαν τα ίδια. Νιώθαν μεγάλη απογοήτευση.

Η Ράνια σκεφτόταν: «Κι εγώ που νόμιζα πως αμέσως θα βρίσκαμε τις λίρες, πως θα τις δίναμε στην κυρα-Μαρία. Αποκλείεται να 'ναι κρυμμένες εδώ. Τι κρίμα...»

Λες κι άκουγε τις σκέψεις της, ο Αλέξης είπε:
- Και μένα μου φαίνεται απίθανο να τις είχε κρύψει εδώ, δεν υπάρχει κρυφό μέρος. Ας ψάξουμε, όμως, και στο πάτωμα, ίσως μια από τις πλάκες να βγαίνει, ή κάτω

από το ιερό, μπορεί να 'χει καμιά κρυφή κρυψώνα.

Τα δύο παιδιά, γονατιστά με γρήγορες κινήσεις, άγγιζαν, σαν τυφλοί, κάθε επιφάνεια, μπας και το χέρι τους, τα δάχτυλά τους, τους δώσουν την απάντηση για το χαμένο θησαυρό.

Έκανε τόση ζέστη μέσα στο ιερό. Τα παιδιά ήταν καταϊδρωμένα.

Σηκώθηκαν απάνω. Η Ράνια έτριψε τα πονεμένα της γόνατα. Ο Αλέξης κοίταξε το ρολόι του:

– Η ώρα πέρασε. Όπου να 'ναι θα καταφτάσουν και οι από πάνω και οι από κάτω. Κάτι πρέπει να βρούμε, γρήγορα.

Η Ράνια τα 'χε χαμένα.

– Αλέξη μου, φοβάμαι.

– Τι φοβάσαι, βρε χαζή; της το 'πε τρυφερά ο Αλέξης για να την καθησυχάσει.

– Αν έρθει ο φύλακας, θα φωνάξουμε και θα του πούμε...

Σταμάτησε απότομα· καθαρά ακούστηκαν ομιλίες.

– Η μητέρα μου, ψιθύρισε η Ράνια.

– Ναι, και η δικιά μου. Μη σε νοιάζει, θα τα κανονίσω.

Σε λίγο στην αυλή της εκκλησίας ακούστηκαν φωνές.

– Μα πού είναι τα παιδιά; έλεγε η Ζωή, η πόρτα είναι κλειστή.

Ο Αλέξης, γαντζωμένος από το μικρό παράθυρο, στο αριστερό πλευρό της Επισκοπής, φώναξε:

– Μαμά, εδώ είμαστε, ο φύλακας μας κλείδωσε κατά λάθος.

Οι τρεις φίλες τρέξαν προς το μέρος της φωνής. Το πα-

ράθυρο ήταν ψηλό, είδαν μόνο τα χέρια του Αλέξη, που σφίγγαν τα κάγκελα.
- Μα πώς είναι δυνατό;
- Μα τι συμβαίνει;
- Εσύ 'σαι, Αλέξη; όλες μαζί μιλούσαν, ρωτούσαν, απορημένες, ανήσυχες.

Η φωνή του Αλέξη προσπαθούσε να τις καθησυχάσει:
- Δεν είναι τίποτε, είμαι με τη Ράνια, ο φύλακας δε μας είδε, ξεχαστήκαμε στο ιερό. Πήγαν να δουν τις άλλες εκκλησίες, όπου να 'ναι θα γυρίσουν.

Η Ζωή φάνηκε λίγο δύσπιστη, η εξήγηση του Αλέξη δεν την έπειθε. Αλλά ούτε η Σάσω ούτε η Βέρα μοιάζαν να πολυκαταλαβαίνουν.

- Και γιατί δε φωνάζατε να σας ανοίξει; τον ρώτησε η Ζωή.

- Γιατί... Γιατί...

Ο Αλέξης δεν ήξερε πια τι να πει, το ψέμα ήταν πολύ μεγάλο, η μητέρα του δεν ήταν και τόσο αφελής.

Από μακριά ακούστηκαν οι φωνές των παιδιών, τώρα θα 'φτανε κι ο φύλακας. Πήρε τη μεγάλη απόφαση, τα χέρια του έτσι κρεμασμένα είχαν μουδιάσει.

- Μαμά, σε παρακαλώ, κάνε μου μια χάρη, ύστερα σου εξηγούμε, μη ρωτάς τώρα, δεν κάναμε τίποτε κακό, σ' τ' ορκίζομαι. Βοηθήστε μας. Όταν φτάσει ο φύλακας ζητήστε να δείτε και σεις την εκκλησία, ν' ανοίξει, να μπείτε όλοι, να μπερδευτούμε με σας, να μη μας πάρει χαμπάρι και γίνει φασαρία.

Κάτι θέλησε να του πει η Ζωή, αλλά τη στιγμή εκείνη κατέβαιναν τα παιδιά τρέχοντας. Ανήσυχα, περίεργα. Πίσω τους ακολουθούσε ο φύλακας με τη Γαλλίδα. Οι μητέρες κοίταξαν τα παιδιά και τη Νικόλ που σώπαιναν, ήταν όλοι ξαναμμένοι από το τρέξιμο, ταραγμένοι.

Η Βέρα μίλησε στο φύλακα:
– Θέλουμε να δούμε και μεις την Επισκοπή, σας παρακαλούμε, είναι δυνατό να μας ανοίξετε;
– Ευχαρίστως, απάντησε ανυποψίαστος ο φύλακας.

Μόλις άνοιξε κι έσπρωξε το βαρύ ξύλινο θυρόφυλλο, σαν συνεννοημένοι όλοι όρμησαν μέσα.

Σε λίγα λεπτά, ξανάβγαιναν ανέμελοι, μιλώντας δυνατά.

Η Γαλλίδα, που είχε μείνει στο προαύλιο και κοιτούσε κάτι μεγάλα μαρμάρινα κιονόκρανα, παραξενεύτηκε με το τόσο μεγάλο ενδιαφέρον των παιδιών να ξαναδούν την Επισκοπή. Πλησίασε τη Ζωή και της μίλησε γαλλικά.

– Ευχαριστώ πολύ το νεαρό, έδειξε τον Κλου, γιος σας θα είναι, μ' εξυπηρέτησε με όλες τις εξηγήσεις που μου έδωσε. Και μπράβο σε όλα τα παιδιά. Τόσο νέα και δείχνουν μεγάλο ενδιαφέρον για όλα τούτα τα ερείπια. Μπράβο τους.

Η Ζωή κούνησε το κεφάλι της χωρίς ν' απαντήσει στην ξένη, σαν να μην καταλάβαινε. Ήταν πολύ θυμωμένη και βιαζόταν να βρεθεί μόνη με την παρέα. Ήταν περίεργη ν' ακούσει τι είχε συμβεί.

Ο γυρισμός δεν ήταν και πολύ ευχάριστος. Κατέβαιναν την πλαγιά χωρίς να μιλάνε. Τα παιδιά δεν είχαν ρωτήσει τη Ράνια και τον Αλέξη. Είχαν καταλάβει πως ο «θησαυρός» του Χανς δεν είχε βρεθεί στο ιερό και πως οι μητέρες είχαν θυμώσει.

Η Νικόλ ένιωθε ένοχη.

Ο ήλιος ήταν στη δύση του. Ένας πορτοκαλής ήλιος, τεράστια σφαίρα, που όλο κατρακυλούσε πέρα στον ορίζοντα.

Όταν φτάσανε στο μεγάλο δρόμο, η Ζωή με αυστηρό ύφος τους είπε:

– Το λεωφορείο από την Αφαία θα περάσει σε μισή ώρα, πάμε στο καφενείο. Νομίζω πως πρέπει να μας δώσετε κάποια εξήγηση.

Όταν κάθισαν κι όταν το γκαρσόνι τους έφερε τις παγωμένες πορτοκαλάδες, η Ζωή κοίταξε το γιο της:

– Λοιπόν, Αλέξη, σε ακούω.

Η Νικόλ όμως, δεν τον άφησε να μιλήσει:

– Ζωή, εγώ πρέπει να σου εξηγήσω, γιατί εγώ φέρω την ευθύνη. Τα παιδιά δε φταίνε σε τίποτε. Όλα έχουν σχέση με το Γερμανό μου.

Και η Νικόλ διηγήθηκε στις μητέρες με κάθε λεπτομέρεια το σχέδιο που είχαν καταστρώσει.

– Καταλαβαίνω πόσο η σκέψη μου ήταν επιπόλαια, κι αν ακόμα ο Χανς είχε κρύψει τότε τις λίρες, πώς είναι δυνατό να βρεθούνε σήμερα, μέσα σε μια ολόκληρη Αίγινα; Νομίζω, παιδιά, πως πρέπει να εγκαταλείψουμε τις έρευνες για τον «αφανή θησαυρό», ξέρω πως σας απογοήτευσα, αλλά εσείς με βοηθήσατε. Τα στοιχεία που συγκέντρωσα, είμαι σίγουρη, θα βοηθήσουν πολύ τον καθηγητή Σπακ για τη θεραπεία του Χανς. Έτσι οι κόποι σας δε θα πάνε χαμένοι.

Η Ζωή τώρα χαμογελούσε. Ακούγοντας τις εξηγήσεις της Νικόλ είχε ξεθυμώσει εντελώς. «Παιδιαρίσματα» σκέφτηκε «και η Νικόλ παιδί είναι ακόμη».

Τα παιδιά σώπαιναν.

Η Σάσω θέλησε να τα παρηγορήσει:
– Μη στενοχωριέστε, κάτι θα βρούμε για να βοηθήσουμε την κυρα-Μαρία, και διασκεδάσεις θα 'χετε μπόλικες στην Αίγινα. Θα πηγαίνουμε σινεμά, εκδρομές... Ο Βύρων θα μας πάει με το σκάφος, την άλλη Κυριακή, στη Μονή.

Η Βέρα πρότεινε:
– Πάμε αύριο ή μεθαύριο στο ναό της Αφαίας; Θα είναι μια πολύ ευχάριστη εκδρομούλα.

Και πάλι τα παιδιά δε μίλησαν.

Το λεωφορείο φάνηκε στη στροφή του δρόμου.

Τα παιδιά συνωμοτούν...

Η αμμουδιά του Μούντι ήταν γεμάτη κόσμο, ο ήλιος με τις πύρινες αχτίδες του μαύριζε τα ξαπλωμένα κορμιά, νέα παιδιά παίζαν ρακέτες και κάθε τόσο τρέχαν εδώ κι εκεί πίσω απ' τις άσπρες μπαλίτσες που τους ξέφευγαν, παιδάκια με τα φτυαράκια και τα κουβαδάκια χτίζανε πύργους πάνω στην άμμο. Κάτω από τις πολύχρωμες ομπρέλες οι κυρίες, καθισμένες στις μικρές πολυθρόνες, προσπαθούσαν ν' αποφύγουν τη μεγάλη ζέστη. Η θάλασσα ήταν γεμάτη από κανό, λαστιχένια στρώματα, φωνές και γέλια. Στη βεράντα του εστιατορίου, όσοι είχαν ξυπνήσει αργά, παίρναν ακόμα το πρωινό τους. Σ' ένα τραπέζι, οι τρεις φίλες, η Βέρα, η Ζωή και η Σάσω, πίναν το δεύτερο καφεδάκι τους συζητώντας για όλα και για τίποτε, ευχαριστημένες για την όμορφη παρέα και για το αιγινήτικο καλοκαίρι τους.

– Η Νικόλ δε θα έρθει; ρώτησε η Σάσω, που είχε συμπαθήσει πολύ αυτό το έξυπνο κι αυθόρμητο κορίτσι.

– Έμεινε στο σπίτι για να γράψει στον καθηγητή της, της απάντησε η Ζωή. Τα παιδιά όμως αργούν να κατέβουν από το σπίτι σας, Σάσω, τι έπαθαν; Με τέτοια ζέστη δεν έχουν όρεξη για μπάνιο; Θα πάω να τα φωνάξω.

Η Βέρα δε συμφώνησε μαζί της:

– Είναι φορές που δε σε καταλαβαίνω, Ζωή, μου φαί-

93

νεται πως ανακατεύεσαι πολύ στη ζωή των παιδιών. Άφησέ τα, καλοκαίρι είναι, ας ζήσουν χωρίς πρόγραμμα και πολλούς φραγμούς. Τους φτάνει ο χειμώνας με το αυστηρό ωράριο. Δε συμφωνείς, Σάσω, μαζί μου;
– Συμφωνώ, γιατί κι εγώ θέλω τις κόρες μου πιο ανεξάρτητες. Τις βρίσκω και τις δύο δεμένες πολύ στη φούστα μου. Ίσως λιγότερο η Ράνια από τη Σόφη. Χαίρομαι που κάνουν παρέα με τα παιδιά σας, ξεθαρρεύουν, στη Θεσσαλονίκη δεν είχαν φίλους.

Η Ζωή γέλασε καλόκαρδα:
– Δηλαδή, με βρίσκετε πολύ αυστηρή μαμά; Όχι όσο νομίζετε, κάνω την αυστηρή και πολλές φορές γελάω από μέσα μου, όταν θυμάμαι τις τρέλες που έκανα εγώ με την Ειρήνη, και λέω «πάλι καλά». Αναστατώναμε τη μητέρα μας. Τα δικά μου παιδιά είναι σωστοί άγγελοι, αν τα συγκρίνω με το τι διάολος ήμουν εγώ. Πρώτα απ' όλα δεν κάνουν τίποτε κρυφά, όλα μου τα λένε. Μην κοιτάτε προχτές, είχαν παρασυρθεί από τη Νικόλ, γι' αυτό... αλλιώς...

Αχ, και να 'ξερε η Ζωή πόσα ψέματα της λέγαν τα παιδιά της.

Την ώρα που οι τρεις φίλες συζητούσαν τόσο ξένοιαστα, ο Αλέξης στο σπίτι των Καρυώτη μιλούσε στους φίλους του διαψεύδοντας τα λόγια της μητέρας του.

Όλοι τον άκουγαν προσεχτικά.
– Θα συνεχίσουμε να ψάχνουμε κι ας μην το θέλει η Νικόλ. Ό,τι κάνουμε, θα το κάνουμε στα κρυφά, θα εξαντλήσουμε κάθε πιθανότητα και ύστερα θα παραιτηθούμε. Ο Άγγελος λέει πως έχει να μας πει ορισμένα πράγματα. Θα μελετήσουμε ξανά τα στοιχεία που έχουμε και βλέπουμε. Σκεφτείτε τη χαρά μας, αν βρούμε τις λίρες. Και στο

τέλος της γραφής δεν κάνουμε σε κανέναν κακό.
- Όμως, Αλέξη, τι θα γίνει αν το μάθουν οι γονείς μας; είπε δειλά δειλά η Σόφη.

Η Λίνα πετάχτηκε:
- Ο Αλέξης έχει δίκιο, δεν κάνουμε σε κανέναν κακό, η μαμά μου όλο φοβάται για μας και ξεχνάει τα όσα έκανε εκείνη όταν ήταν μικρή. Όλοι λένε πως της έμοιασα, λοιπόν, κι εγώ το πιστεύω!

Όλα τα παιδιά γέλασαν με το Λινάκι που υπερασπιζόταν τόσο έξυπνα τα σχέδιά τους.
- Λέγε, λοιπόν, Άγγελε, είπε ο Κλου.

Ο Άγγελος κρατούσε στο χέρι του ένα φύλλο χαρτιού:
- Εδώ έχω αντιγράψει, για να μην ξεχάσουμε κανένα, τα στοιχεία που μας έδωσε η Νικόλ, να και το σχέδιο του Χανς, το είχα κι αυτό αντιγράψει χτες, πριν πάμε στην Παλιαχώρα. Λοιπόν, δε μας χρειάζεται το σημειωματάριό του. Χτες βράδυ στο ξενοδοχείο, ύστερα από την άδοξη επιστροφή μας, κάθισα πολλή ώρα και τα ξανασκέφτηκα όλα. Νομίζω πως κάναμε ένα σημαντικό λάθος. Δε θα είναι πηγάδι το σχέδιο του Χανς, λέω πως μπορεί να 'ναι δεξαμενή. Κοιτάξτε. Άλλωστε, πολύ πιο εύκολα μπορεί να μπει κάποιος σε μια δεξαμενή και πολύ δύσκολα σ' ένα πηγάδι.
- Και πώς έβγαλες το συμπέρασμα ότι είναι δεξαμενή; ρώτησε η Ράνια.
- Μη βιάζεσαι, άφησέ με να ολοκληρώσω τη σκέψη μου. Στο σημειωματάριο του Χανς έχει το σχέδιο της εκκλησίας. Κοντά στο 203, που λέμε πως είναι οι λίρες, κάτι που μοιάζει με πηγάδι ή δεξαμενή, πιο κάτω έχει γραμμέ-

να Αιακός-βροχή. Τη λέξη βροχή τη λέει κι όταν ο Σπακ του κάνει ναρκανάλυση.
– Μα μπορεί να τη λέει γιατί εκείνο το βράδυ που πάτησε τη νάρκη έβρεχε, είπε ο Αλέξης.
– Ναι, έτσι το εξήγησε η Νικόλ, αλλά δε σου φαίνεται μεγάλη σύμπτωση να το 'χε γραμμένο κι από πριν;
– Μπορεί να 'ναι λέξεις που έγραφε για να τις μάθει, είπε πάλι ο Αλέξης.
– Αχ, δε μ' αφήνετε να μιλήσω, με μπερδεύετε, φουρκίστηκε ο Άγγελος.
– Καλά, καλά, μίλα, δε θα σου ξαναπούμε τίποτε, του υποσχέθηκαν οι φίλοι του.
– Λοιπόν, νομίζω πως βρήκα πού μπορεί να βρίσκονται οι λίρες.
Τα παιδιά σώπαιναν. Με πόση σιγουριά μιλούσε ο Άγγελος! Τον άφησαν να συνεχίσει χωρίς κανένα σχόλιο.
– Λοιπόν, είπε ο Άγγελος, έχουμε εκκλησία, ναός που είναι το ίδιο, δεξαμενή, σταυρός στο δεξί μέρος, 203, αφανής, βροχή, Αιακός, και τη λέξη όρος που είχαμε εντελώς παρερμηνέψει: Η Παλιαχώρα μάλλον πάνω σε λόφο βρίσκεται κι όχι σε όρος. Όρος, βροχή, Αιακός, δεξαμενή...
Δεν άντεξε ο Αλέξης:
– Μας έσκασες, Άγγελε, τ' ακούσαμε, και Βαγία και Χαλδαίος και Νεκτάριος και γενέθλια, ποιο είναι το συμπέρασμά σου;
Ο Άγγελος έκλεισε τα μάτια του σαν να σκεφτόταν, δε μίλησε για λίγα δευτερόλεπτα κι ύστερα είπε:
– Ελλάνιον όρος.
Τα παιδιά τον κοίταξαν απορημένα.
– Δηλαδή; ρώτησε ο Κλου.

- Δηλαδή, αν προσέχατε όταν σας μιλώ, θα καταλαβαίνατε.

Το ύφος του Άγγελου έμοιαζε απελπισμένου δασκάλου μπροστά σε ανεπίδεκτους μαθητές. Οι φίλοι του, όμως, τον ήξεραν κι έτσι δεν πειράχτηκαν καθόλου. Αντίθετα, ο Αλέξης για να τον ενθαρρύνει, του είπε:

- Έχεις δίκιο, λέγε μας...

Άρχισε ο Άγγελος να τα λέει όλα, χωρίς να παίρνει ανάσα.

- Στο ζαχαροπλαστείο Αιάκειον σας έλεγα για τον Αιακό που έκανε δέηση στο Δία για να βρέξει, πάνω στο πιο ψηλό βουνό της Αίγινας που ονομάστηκε Ελλάνιον όρος. Ε, λοιπόν, μελέτησα το βιβλίο μου, το βουνό βρίσκεται πίσω από την Αιγινήτισσα, δηλαδή, πίσω από το σπίτι σας, Ράνια, δε φαίνεται από δω, έχει ύψος 532 μέτρα και στην κορυφή του υπάρχει μια εκκλησία των Τριών Ταξιαρχών, υπήρχε παλιά βωμός αφιερωμένος από τον Αιακό στο Δία και υπάρχει και μια δεξαμενή.

Σταμάτησε απότομα και κοίταξε τους φίλους του να δει τι εντύπωση τους είχαν κάνει τα όσα είχε πει.

Όλα τα πρόσωπα είχαν φωτιστεί.

- Εκεί θα είναι, φώναξε ο Κλου.

- Ναι, συμφώνησε η Ράνια με τη Σόφη, εκεί θα 'ναι κρυμμένες οι λίρες, μέσα στη δεξαμενή.

Ο Αλέξης μόνο ήταν λίγο σκεφτικός:

- Είναι πολύ πιθανόν, αλλά γιατί να πήγε τόσο μακριά από τη Βαγία να τα κρύψει;

- Μήπως στην Παλιαχώρα ήταν πιο κοντά; Ο Άγγελος ενοχλήθηκε λίγο με την παρατήρηση του Αλέξη.

97

- Αλλά πώς θ' ανεβούμε σε τόσο ψηλό βουνό και κρυφά από τους γονείς μας; ρώτησε η Σόφη.
- Μου φαίνεται πως βρήκα τον τρόπο, της απάντησε ο Αλέξης. Ακούστε τώρα και μένα. Πρώτον, θα δείξουμε σε όλους πως έχουμε εντελώς παραιτηθεί από το σχέδιο «αφανής θησαυρός» που λέει η Νικόλ, δεύτερον, όλη τη βδομάδα θα πηγαίνουμε με τις μαμάδες μας παντού σαν όσιες Παναγιές, να πάμε και στην Αφαία κι ας βαριόμαστε, εγώ τουλάχιστο βαρέθηκα τα ερείπια.
- Όχι εγώ, πετάχτηκε ο Άγγελος.
- Ούτε εγώ, με διασκεδάζουν, φώναξε η Λίνα.
- Καλά, καλά. Λοιπόν, την Κυριακή που θα 'ναι και οι πατεράδες μας... δε θα 'ρθει κι ο δικός σου πατέρας, Άγγελε;
- Ναι, τούτη την Κυριακή θα μας έρθει.
- Λοιπόν, θα τους παρακαλέσουμε να μην πάμε μαζί τους στη Μονή με το σκάφος, θα πεις, Άγγελε, πως σε ζαλίζει η θάλασσα ή κάτι τέτοιο, και μεις θα καθίσουμε να σου κάνουμε παρέα, κι όταν δούμε το σκάφος ν' απομακρύνεται θα ξεκινήσουμε για το Ελλάνιον όρος. Συμφωνείτε;

Όλα τα παιδιά με μια φωνή συμφώνησαν.

Η καινούρια περιπέτεια έκανε τα μάτια τους να λάμπουν, να γυαλίζουν.

Στο ναό της Αφαίας

Όταν λοιπόν η Ζωή ρώτησε τα παιδιά: «Πάμε αύριο στην Αφαία;» όλα με μια φωνή συμφώνησαν. Φαίνονταν ενθουσιασμένα και ήταν να τα χαίρεται κανείς. Τρώγαν με όρεξη, τα τρία αγόρια κυριολεκτικά καταβρόχθιζαν, λέγανε αστεία, γελούσαν, έπαιζαν. Ούτε κουβέντα για τον Χανς και την κυρα-Μαρία. Η Νικόλ ένιωθε ξαλαφρωμένη κι έλεγε στις φίλες της:
– Ουφ, τους πέρασε ευτυχώς! Για μια στιγμή μου φάνηκε πως είχαν θυμώσει μαζί μου. Και με το δίκιο τους, τους άναψα φωτιά κι ύστερα τους την έσβησα. Ένιωθα ένοχη, ξέρετε...
Γελούσαν και οι μητέρες. Η χαρά των παιδιών τους, τόσο έκδηλη, τους υποσχόταν ένα ασυννέφιαστο καλοκαίρι.
– Σας είπα, είπε η Ζωή, με περηφάνια, έχουμε πολλή τύχη, τα παιδιά μας είναι θαυμάσια και πολύ λογικά.
– Λοιπόν, ας ετοιμαστούμε για την Αφαία.
Πήραν από το λιμάνι το ίδιο λεωφορείο που τους είχε πάει στην Παλιαχώρα, αλλά τούτη τη φορά θα κατέβαιναν στο τέρμα.
Ο δρόμος που οδηγεί στην Αφαία είναι ο πιο καλός του νησιού και η διαδρομή σύντομη και ευχάριστη.
Ο Άγγελος, φυσικά, όσο πήγαιναν, μιλούσε, μιλούσε

συνέχεια. Τον άκουγαν τα παιδιά, τον άκουγαν και οι άλλοι επιβάτες. Τους προετοίμαζε για τα θαύματα που θα βλέπανε σε λίγο. Τα είχε μελετήσει όλα τόσο καλά, που ακούγοντάς τον θα 'λεγες πως την Αφαία την είχε επισκεφτεί πολλές φορές.
- Θα δείτε, είναι δωρικού ρυθμού. Σώζονται ακόμα είκοσι κολόνες, όταν χτίστηκε ο ναός, στις αρχές του 5ου αιώνα π.Χ., είχε πενήντα έξι κολόνες, εσωτερικές και εξωτερικές. Είναι από τα πιο αξιόλογα δείγματα της αρχιτεκτονικής των αρχαίων. Και τα αετώματα του ναού, που δεν υπάρχουν πια, είχαν ως θέμα...
Ο Κλου δεν κατάλαβε:
- Καημένε Άγγελε, σαν δάσκαλος τα λες, τι πάει να πει «αετώματα»;
Πρόθυμα του εξήγησε ο Άγγελος:
- Δύο ισόπλευρα τρίγωνα που σχημάτιζε η στέγη, ανατολικά και δυτικά του ναού. Ε, λοιπόν, στα αετώματα υπήρχαν παραστάσεις από τις εκστρατείες στην Τροία. Και στα δύο, κεντρική μορφή ήταν η θεά Αθηνά πάνοπλη και γύρω της πάλευαν Έλληνες και Τρώες. Άλλοι τόξευαν γονατισμένοι, άλλοι κλονίζονταν κι άλλοι ξεψυχούσαν. Θα σας δείξω, όταν γυρίσουμε στο Μούντι, τις αναπαραστάσεις των αετωμάτων που έχει το βιβλίο μου.
Μιλούσε ο Άγγελος, εξηγούσε. Το λεωφορείο έτρεχε πάνω στο δρόμο, πότε ανηφορίζοντας την πλαγιά ενός απόκρημνου βουνού, πότε κατηφορίζοντας σε μια κοιλάδα γεμάτη δέντρα, συκιές, αμυγδαλιές και φιστικιές. Ο ήλιος χρύσωνε με τις αχτίδες του το τοπίο.
Κι άξαφνα, ύστερα από ένα σύντομο ανέβασμα, ψηλά μέσα στα πεύκα, πρόβαλε ο Ναός.

Το λεωφορείο σταμάτησε στο τουριστικό περίπτερο που δέσποζε στον όρμο της Αγια-Μαρίνας.

Κατέβηκαν όλοι, ήταν και αρκετοί ξένοι περιηγητές. Η θέα ήταν μοναδική. Μια πλαγιά καταπράσινη που έφτανε ως τη θάλασσα, λες και τα πεύκα άγγιζαν τα πρασινογάλανα νερά της.

Αμίλητοι στάθηκαν όλοι τους και κοιτούσαν, το μάτι δε χόρταινε τόση ομορφιά.

Ο Άγγελος όμως βιαζόταν:

– Και τώρα στο ναό της Αφαίας, φώναξε.

Ο φύλακας όρθιος στην είσοδο έκοβε τα εισιτήρια. Η Ζωή πλήρωσε για όλο τον κόσμο της, μπήκαν από την καγκελένια πόρτα κι ανέβηκαν το δρομάκι που πήγαινε για το ναό.

– Και τώρα, Άγγελε, λέγε μας, του είπε η μητέρα του.

Άλλο που δεν ήθελε ο «παντογνώστης» Άγγελος.

– Εδώ δεξιά ήταν το σπίτι των ιερέων, πέντε μεγάλα δωμάτια, να! φαίνονται καθαρά τα θεμέλια, εκεί είχε δύο στοές σαν βεράντες και πιο κει τα λουτρά, και οι λεκάνες...

– Δεν είχαν μπάνιο για να πλένονται; ρώτησε η Λίνα με διάθεση να πειράξει τον Άγγελο.

Εκείνος όμως πολύ σοβαρά της εξήγησε:

– Αυτές οι λεκάνες, που βλέπεις, δε χρησίμευαν για να πλένονται, αλλά για θρησκευτικούς καθαρμούς. Ελάτε τώρα πιο πάνω, κάπου εδώ θα βρίσκεται ο βωμός, όπου γίνονταν οι θυσίες, να τος...

– Πάμε πρώτα στο ναό, του φώναξε ο Αλέξης.

Ο Άγγελος, όμως, δεν κούνησε από τη θέση του:

– Όχι ακόμα, όλα πρέπει να τα πάρουμε με τη σειρά.

Ο Αλέξης ανασήκωσε αδιάφορα τους ώμους του. Εκεινού το μυαλό ήταν αλλού, στο Ελλάνιον όρος, τι τον ένοιαζε η Αφαία;
- Λοιπόν, συνέχισε ο Άγγελος, εδώ ήταν ο βωμός, σ' αυτόν θυσίαζαν οι αρχαίοι για να εξευμενίζουν τους θεούς...
- Να ένα πηγάδι, φώναξε ξαφνικά η Λίνα κι έσκυψε πάνω από το σιδερένιο κάγκελο που το έφραζε.
- Όχι, δεν είναι πηγάδι, της απάντησε ο Άγγελος, είναι δεξαμενή, εκεί μάζευαν το νερό της βροχής.
- Πρόσεχε, θα πέσεις, τη μάλωσε η μητέρα της.
Η Λίνα ξαναγύρισε κοντά τους.
Ο Άγγελος όμως είχε χάσει την ορμή του. Τα παιδιά δεν τον πρόσεχαν. Και οι μητέρες τον άκουγαν με μισό αυτί.
- Ας ανεβούμε λοιπόν, τους είπε μ' ένα απελπισμένο ύφος σαν να έλεγε: Δε γίνεται τίποτε με σας.
Προχώρησαν όλοι με βιαστικό βήμα κι ανέβηκαν τα σκαλοπάτια του ναού.
Η θέα από κει ήταν καταπληκτική, η ορατότητα τέλεια και το μάτι έφτανε ως πέρα στον ορίζοντα.
- Κοιτάξτε καλά, τους είπε ο Άγγελος, εκεί μακριά φαίνεται ο Παρθενώνας.
Η Λίνα ορθάνοιξε τα μάτια της. Πώς ήταν δυνατό;
- Αυτή εκεί η κουκίδα είναι ο Παρθενώνας μας;
- Ναι, σαν Αθηναία μιλάς: «ο Παρθενώνας μας». Είναι σαν να θέλησαν οι δύο προαιώνιοι εχθροί, οι Αθηναίοι και οι Αιγινήτες να βάλουν αντιμέτωπους τους δύο αριστουργηματικούς ναούς τους.
Τώρα η παρέα είχε σκορπίσει, άλλοι από δω, άλλοι από

κει, κοιτούσαν, θαύμαζαν, άγγιζαν με την παλάμη τις θεόρατες καλλίγραμμες κολόνες με τις φαρδιές ραβδώσεις. Δεν ήταν μαρμάρινες, αλλά, όπως τους είχε πει ο Άγγελος στο λεωφορείο, από πώρινη πέτρα, πουρί, και η επιφάνειά τους με το πέρασμα των αιώνων ήταν τραχιά.

- Κι εδώ, τους φώναξε ο Άγγελος, που είχε σταθεί στο κέντρο του ναού, είναι ο σηκός, τον χώριζαν δέκα δωρικές κολόνες, πέντε από κάθε πλευρά, και σχημάτιζαν μια διώροφη στοά. Στο βάθος του σηκού, εκεί στο μέσον ακριβώς, ήταν στημένο το χρυσελεφάντινο άγαλμα της θεάς.
- Ποιας θεάς; τον ρώτησε η Ράνια.
- Αυτό είναι άλλη ιστορία, αν θέλετε, μαζευτείτε να σας την πω.

Οι μητέρες όμως είχαν κουραστεί να στέκουν όρθιες:
- Ας καθίσουμε στα σκαλοπάτια και μας τη λες.
- Ας καθίσουμε, συμφώνησαν όλοι.
- Από τη μεριά του Παρθενώνα μας, είπε η Λίνα.

Κάθισαν όλοι κοντά στον Άγγελο και κοίταξαν τον ήλιο που βασίλευε. Ήταν πάλι πορτοκαλής κι έφτανε μεγαλόπρεπος στη δύση του. Ο ουρανός στο βάθος είχε βαφτεί με απαλά χρώματα.

Ο Άγγελος, ικανοποιημένος που είχε όλη την παρέα γύρω του, άρχισε:
- Οι αρχαιολόγοι δε συμφωνούν μεταξύ τους ως προς τη θεά που λατρευόταν εδώ. Άλλοι λένε πως ήταν η Αθηνά κι άλλοι η Αφαία, κι άλλοι πάλι πίστευαν πως ήταν η Αθηνά που οι Αιγινήτες την έλεγαν Αφαία, γιατί δεν ήθελαν ν' αναφέρουν, από μίσος, το όνομα της θεάς που προστάτευε την Αθήνα. Αλλά ακούστε το μύθο της Αφαίας. Ήταν κόρη του Δία και της θνητής Κούρμης. Γεν-

νήθηκε στην Κρήτη κι ονομαζόταν Βρυτομάρτυς. Μια μέρα, την είδε ο Μίνως και την ερωτεύτηκε. Για να γλιτώσει η κόρη απ' αυτόν, έφυγε μ' ένα καράβι. Όταν πλησίαζαν στην Αίγινα, οι ναύτες της επιτέθηκαν κι αυτή έπεσε στη θάλασσα και βγήκε κολυμπώντας στη στεριά. Κρύφτηκε σε μια σπηλιά κι εξαφανίστηκε από τα μάτια τους. Από τότε οι Αιγινήτες τη λάτρευαν με το όνομα Άφα: αφανής, κι αργότερα Αφαίη.

Ο ήλιος είχε δύσει. Η Βέρα σηκώθηκε:

– Πάμε τώρα, να προλάβουμε το λεωφορείο.
– Ευχαριστούμε, Άγγελε.
– Όλα ήταν πολύ ωραία.

Κατέβηκαν ξανά το λόφο του ναού πατώντας πάνω σε βωμούς, σπίτια, λουτρά και σκόρπιες πέτρες, που για τους αρχαιολόγους είναι θησαυροί ανεκτίμητοι.

Η Ράνια έμεινε λίγο πιο πίσω με τον Αλέξη.

– Η μαμά μου είπε πως σίγουρα θα πάνε την Κυριακή με το σκάφος στη Μονή. Θα πάνε και δύο άλλοι φίλοι μαζί τους, που θα 'ρθουν στο Μούντι για το Σαββατοκύριακο κι έτσι δεν πρόκειται να τ' αναβάλουν.

– Κι εγώ, της είπε ο Αλέξης, πήρα πληροφορίες για το Ελλάνιον όρος. Ρώτησα με τρόπο τον Καζαμία. Ο δρόμος είναι πολύ κακός, και μουλάρι δύσκολα τον ανεβαίνει, θα χρειαστούμε τουλάχιστον έξι ώρες να πάμε και να 'ρθούμε. Πότε νομίζεις πως θα γυρίσουν από τη Μονή;

– Θα μείνουν όλη τη μέρα, θα φάνε εκεί, οι πατεράδες μας πάνε για ψάρεμα, γι' αυτό θα ξεκινήσουν πολύ πρωί, πριν βγει ο ήλιος.

– Θαυμάσια Έτσι θα 'χουμε τον καιρό ν' ανέβουμε, να

κατέβουμε και να μας βρούνε φρόνιμους φρόνιμους στο Μούντι.
- Νομίζεις πως θα τις βρούμε τις λίρες;
- Ναι, το πιστεύω. Οι συλλογισμοί του Άγγελου είναι σωστοί. Τόσα στοιχεία συμφωνούν με το Ελλάνιον όρος.
- Για σκέψου να τις βρούμε.

Η Ράνια έσφιξε το χέρι του φίλου της.
- Βιάζομαι να φτάσει η Κυριακή, είπε.

Ο Αλέξης γύρισε και την κοίταξε.

«Σπουδαίο κορίτσι» σκέφτηκε «κι εγώ ο βλάκας που δεν ήθελα να κάνουμε παρέα».

Πιασμένοι από το χέρι τρέξαν να προλάβουν τους άλλους που είχαν προχωρήσει.

Το Ελλάνιον όρος

Οι γονείς δεν είχαν καμιά αντίρρηση να μείνουν τα παιδιά στο Μούντι. Άλλωστε, θα ξεκινούσαν τόσο πρωί, που θα ήτανε μεγάλη ταλαιπωρία για τα καημένα.

– Η Λίνα, προπαντός, που είναι μικρή, χρειάζεται ύπνο, δε νομίζεις, Αλέξανδρε;

Ο Αλέξανδρος συμφώνησε. Πάντοτε συμφωνούσε με τη γυναίκα του.

Είχε έρθει και ο πατέρας του Άγγελου, ο Γιάννης Μάνης, γνωστός συγγραφέας και δημοσιογράφος. Είχε τόση πολλή δουλειά, που δεν τα κατάφερνε να 'ρχεται κάθε Σαββατοκύριακο, να βλέπει τους δικούς του.

Παραξενεύτηκε λίγο:

– Δεν ήξερα πως η θάλασσα ζαλίζει τον Άγγελο, είπε στη Βέρα.

– Για να το λέει το παιδί, έτσι θα 'ναι, απάντησε η μητέρα.

– Τα παιδιά, όμως, για να του κρατήσουν συντροφιά, χάνουν μια ωραία βόλτα με το γιοτ.

– Δε βαριέσαι. Ο Βύρων την άλλη εβδομάδα θα 'ρθει για να μείνει και θα τους πηγαίνει κάθε μέρα.

Και η Σάσω δεν έφερε αντίρρηση:

– Καλύτερα, είπε στο Βύρωνα. Με τους φίλους που προσκαλέσαμε, μαζευτήκαμε πολλοί, και το πλεούμενό μας δεν είναι και τόσο μεγάλο. Θα είμαι πολύ πιο ήσυχη να τους ξέρω στο Μούντι.

Η Νικόλ ρώτησε τα παιδιά:
- Θέλετε, μήπως, να μείνω μαζί σας;
- Ούτε να το συζητάς, της είπε ο Αλέξης, εσύ στο Παρίσι δεν έχεις τέτοιες ευκαιρίες, δεν πρέπει να στερηθείς για χάρη μας την εκδρομή.

Η Ζωή κανόνισε και την πιο μικρή λεπτομέρεια:
- Το πρωί θα σας φτιάξει το πρωινό σας η Δέσπω, να μην την κουράσετε, να κάνετε μπάνιο ή εδώ ή στο Μούντι, να φάτε στο εστιατόριο του Μούντι, θα πληρώσουμε το λογαριασμό όταν γυρίσουμε, και ξεκουραστείτε λίγο το μεσημεράκι, μη μου γυρνάτε μέσα στους ήλιους. Να προσέχετε και το Λινάκι που είναι μικρό. Σύμφωνοι;

Τα παιδιά δεν είχαν κι αυτά καμιά αντίρρηση. Όλο κουνούσαν το κεφάλι κι έλεγαν: «ναι, ναι».

Κι έτσι οι μεγάλοι ξύπνησαν την Κυριακή από τα χαράματα και νυχοπατώντας, για να μην ταράξουν τον ύπνο των παιδιών, ετοιμάστηκαν. Ρίξαν μια τρυφερή ματιά στα κοιμισμένα κεφάλια και ξεκίνησαν.

Μόλις ακούστηκε η μηχανή του μικρού γιοτ να παίρνει μπρος, τα παιδιά πετάχτηκαν πάνω.
- Πού πάτε τόσο πρωί, παραξενεύτηκε η καλή Δέσπω, σταθείτε να σας βράσω το γάλα σας.
- Ευχαριστούμε, βιαζόμαστε να πάμε στο Μούντι να δούμε το σκάφος να ξεκινάει.

Σ' ένα τέταρτο όλα τα παιδιά ήταν μαζεμένα στο σπίτι των Καρυώτη. Από κει θα γινόταν η εκκίνηση.

Βιαστικά, βάλανε σ' ένα σάκο δύο μεγάλα θερμός με

107

παγωμένο νερό· ο Καζαμίας είχε πει στον Αλέξη πως στο βουνό δεν υπήρχε πουθενά νερό. Ετοίμασαν όπως όπως μερικά σάντουιτς. Πήραν και κάμποσα φρούτα. Είχαν βάλει τα πιο παλιά τους παπούτσια και τα κορίτσια φόρεσαν σορτς για να έχουν μεγαλύτερη ευκολία στο ανέβασμα.

– Θα πάμε πρώτα στο Μαραθώνα, τους είπε ο Αλέξης, κι από κει έχει έναν άλλο δρόμο που ανεβαίνει στην Παχιαράχη-Σφυρίχτρες.

– Άκου όνομα, πετάχτηκε η Λίνα.

– Έχω και το χάρτη της Αίγινας μαζί μου. Να η Παχιαράχη, να και το όρος μας.

Τα παιδιά σκύψαν από πάνω του να δουν.

– Μα είναι ακριβώς πίσω από την Αιγινήτισσα, παρατήρησε η Σόφη, δηλαδή πίσω από το Μούντι. Από το Μαραθώνα κάνουμε ολόκληρη βόλτα.

– Από δω, εξήγησε ο Αλέξης, δεν έχει δρόμο, γι' αυτό, αναγκαστικά, θ' ανεβούμε στην Παχιαράχη.

– Ας ξεκινήσουμε, είπε ο Άγγελος, άμα φτάσουμε στις Σφυρίχτρες τα ξαναλέμε. Κι εγώ μελέτησα το όρος μας.

– ... που ελπίζω να 'ναι και το «όρος» του Χανς, συμπλήρωσε ο Κλου.

Το ξεκίνημα ήταν δροσερό και κεφάτο. Ο ήλιος μόλις είχε προβάλει και δεν έκαιγε καθόλου, ο ασφαλτοστρωμένος δρόμος ήταν ξεκούραστος. Σε μισή ώρα έφτασαν στο Μαραθώνα. Από κει ρώτησαν κάποιον Αιγινήτη που τους έδειξε το δρόμο για την πρώτη κορυφή. Προχωρούσαν ο ένας πίσω από τον άλλο, γιατί πολύ γρήγορα ο δρόμος αυτός έγινε μονοπάτι. Τα παιδιά ανέβαιναν τραγουδώντας, λέγανε αστεία, γελούσαν. Ο Αλέξης προπορευόταν, του

είχαν αναθέσει την αρχηγία της αποστολής και είχε πάρει το ρόλο του στα σοβαρά. Τάχυνε το βήμα του, είχαν ξεκινήσει στις έξι κι ακόμα να φανεί η κορυφή της Παχιαράχης. Έπρεπε να βιαστούν, αν ήθελαν να προλάβουνε.
– Ε, μην τρέχεις έτσι, του φώναξε ο Άγγελος, που είχε αρχίσει να λαχανιάζει.
– Δίψασα, αναστέναξε η Σόφη.
– Με χτύπησε το παπούτσι μου, είπε η Ράνια.
– Εντάξει, είπε ο «αρχηγός», ας ξεκουραστούμε δέκα λεπτά.
Έτρεξαν στη σκιά ενός δέντρου. Ήταν όλοι τους καταϊδρωμένοι.
Ο Αλέξης έβγαλε από το σάκο του ένα θερμός κι έδωσε σ' όλους με τη σειρά να πιουν.
– Πεινάω, καλοί μου φίλοι, πεινάω, είπε σε τόνο μοιρολογιού η Σόφη.
– Κι εγώ πεινάω, τη σιγοντάρισε ο Άγγελος.
Ο Αλέξης όμως δε συμφώνησε μαζί τους:
– Είναι κιόλας εφτά, έχουμε μπόλικο δρόμο να κάνουμε ακόμη, αν καθίσουμε να φάμε, πρώτο, θ' αργοπορήσουμε, δεύτερο, θα μας κοπεί ο γοργός ρυθμός της πορείας. Πάρτε ένα μήλο στο χέρι κι εμπρός...
Όλοι υπάκουσαν και ξανάρχισαν το ανέβασμα που όσο πήγαινε γινόταν και πιο κουραστικό.
Αλλά σε λίγο φάνηκε η κορυφή της Παχιαράχης.
Σαν την πάτησαν κι έσκυψαν να δούνε κάτω ενθουσιάστηκαν:
– Ποπό, δρόμο που κάναμε...
Ο Αλέξης όμως τους έδειξε με το δάχτυλο μια άλλη κορυφή.

- Αυτό εκεί είναι το Ελλάνιον όρος.
Κανένα παιδί δε μίλησε. Η θέα της κορυφής τους τρόμαξε. Πώς ήταν δυνατό να πάνε τόσο μακριά; Ο Αλέξης προσπάθησε να τους ενθαρρύνει:
- Θα ξεκουραστούμε λίγο, θα φάμε κάτι και, θα δείτε, δε θα κάνουμε πάνω από δύο ώρες.
Κανένας δεν του απάντησε, ο καθένας αναμετρούσε τις δυνάμεις του. Κάθισαν πίσω από ένα βράχο που έριχνε λίγη σκιά.
Η Ράνια έβγαλε το παπούτσι της κι έτριψε το πονεμένο πόδι της.
- Ακούστε, πρότεινε ο Αλέξης, όποιος είναι κουρασμένος μπορεί να μείνει εδώ και να περιμένει.
Τα παιδιά κοιτάχτηκαν, μοιάζαν σκεφτικά, ίσως να 'θελαν όλα τους να μείνουν. Το βουνό τούς φαινόταν απλησίαστο.
Μόνο η Λίνα φώναξε:
- Εγώ δεν είμαι κουρασμένη, θα 'ρθω μαζί σου, Αλέξη.
Μεμιάς πήραν όλοι κουράγιο κι άλλαξε το κέφι τους. Αφού η μικρή δεν ήταν κουρασμένη...
- Όλοι μαζί, θ' ανεβούμε, συμφώνησαν.
Έτρωγαν με όρεξη τα σάντουιτς που τους είχε μοιράσει ο Αλέξης κι άκουγαν τον Άγγελο που τους μιλούσε για το όρος:
- Έγιναν ανασκαφές που έδειξαν πως κάπου στο 13ο αιώνα π.Χ. είχε χτιστεί στις πλαγιές του όρους ένας μικρός συνοικισμός από Θεσσαλούς, που έφεραν στην Αίγινα τη λατρεία του Ελλανίου Διός. Αλλά οι κάτοικοι έφυγαν ξαφνικά, ποιος ξέρει λόγω ποιας επιδρομής, γιατί τα σπίτια έμειναν άθικτα και βρέθηκαν αντικείμενα πολύ κα-

λά διατηρημένα. Ύστερα απ' αυτούς, το όρος έμεινε ακατοίκητο. Αργότερα, έπλασαν το μύθο της ξηρασίας, που σας διηγήθηκα στο ζαχαροπλαστείο «Αιάκειον», και ταύτισαν το όνομα του Δία με την Ελλάδα και τον ονόμασαν Δία Πανελλήνιο, προστάτη όλων των Ελλήνων. Το 2ο αιώνα π.Χ. ανατίναξαν τους βράχους, ισοπέδωσαν το μέρος κι έχτισαν μια μεγάλη ταράτσα κλεισμένη από μεγάλους ογκόλιθους. Λίγο πιο πάνω ήταν μια στοά που σώζονται τα θεμέλιά της και μέσα στο βράχο είναι σκαμμένη μια δεξαμενή.

– ... Και μέσα στη δεξαμενή θα βρούμε τις λίρες του Χανς, συνέχισε η Λίνα.

– Ίσως όχι, γιατί πιο πάνω έχει μια άλλη όμοια δεξαμενή, εκεί βρέθηκε και μια χάλκινη στάμνα αφιερωμένη στο Δία. Σ' αυτή τη δεξαμενή μπορεί να 'χει κρύψει τις λίρες ο Χανς.

– Γι' αυτό πρέπει να πηγαίνουμε, είπε ο Αλέξης. Είναι οχτώ και είκοσι κι έχουμε δρόμο μπροστά μας. Εμπρός, μαρς...

Και το ανέβασμα ξανάρχισε. Αλλά τούτη τη φορά το μονοπάτι ήταν απότομο και δύσβατο. Τα παιδιά έπρεπε να γαντζώνονται από τα βράχια και τους θάμνους για να μην κατρακυλήσουν προς τα πίσω. Προχωρούσαν σκυφτοί, κάθε τους βήμα ήταν και ένας άθλος. Τώρα ο ήλιος, πύρινος, φλόγιζε τα ξέσκεπα κεφάλια τους. Κανένας δεν τραγουδούσε. Κανένας δε μιλούσε. Όλοι πρόσεχαν πού θα βάλουν το πόδι τους. Ο Αλέξης ήταν ανήσυχος. Η περιπέτειά τους δεν έμοιαζε πια με παιχνίδι καλοκαιριάτικο. Θα μπορούσε να τελειώσει δυσάρεστα. Κι αν αργούσαν να γυρίσουν στο Μούντι κι αν τους προλάβαιναν οι γονείς;

Ένιωθε υπεύθυνος. Τι έπρεπε να κάνει τώρα; Να δώσει το σύνθημα να ξαναγυρίσουν πίσω; Θα ήταν κρίμα. Οι λίρες χρύσιζαν μέσα στο μυαλό του και στη δεξαμενή. Η ζέστη είχε στεγνώσει το λαιμό του, τα χέρια του ήταν γρατζουνισμένα από τους αγκαθωτούς θάμνους. Άξαφνα άκουσε μια πέτρα να κατρακυλάει κι αμέσως μετά μια δυνατή κραυγή. Τρόμαξε. Γύρισε το κεφάλι. Η Σόφη είχε γλιστρήσει, ήταν ξαπλωμένη πάνω στ' αγκάθια και στις πέτρες. Μαζί με τ' άλλα παιδιά, έτρεξε κοντά της. Η Σόφη έκλαιγε.

– Τι έπαθες, πού χτύπησες; τη ρώτησαν όλοι ανήσυχοι, ταραγμένοι.

– Το πόδι μου, το πόδι μου, μου φαίνεται πως το στραμπούλιξα.

Ο Κλου με τον Αλέξη έσκυψαν και μαλακά τη σήκωσαν στην αγκαλιά τους. Την ξάπλωσαν λίγο πιο πέρα, σ' ένα ίσωμα, κοντά σ' ένα μικρό θάμνο. Η Ράνια έβγαλε με προσοχή το παπούτσι της αδερφής της.

– Πού πονάς;

Η Σόφη κλαίγοντας έδειξε τον αστράγαλό της. Άλλωστε σε λίγα λεπτά όλοι το διαπίστωσαν, γιατί το μέρος εκείνο άρχισε να πρήζεται.

«Και τώρα, σκέφτηκε ο Αλέξης, τι θα γίνει;»
Η Σόφη δεν έκλαιγε πια.
– Πονάς; τη ρώτησε η Λίνα.
– Όχι πολύ, με καίει μόνο και δεν μπορώ να το κουνήσω.

Ο Αλέξης έβγαλε αποφασιστικά το πουκάμισό του:
– Θα σου κάνω έναν επίδεσμο.

- Είσαι τρελός; του φώναξε η Ράνια, όταν τον είδε να το σκίζει.
- Άσε με, ξέρω, είδα τον μπαμπά μια φορά να το κάνει.

Έκοψε μια φαρδιά λωρίδα από το πουκάμισο, την έβρεξε με παγωμένο νερό από το θερμός και τύλιξε γερά τον αστράγαλο της Σόφης.
- Πώς είσαι τώρα; τη ρώτησε.
- Καλύτερα, αλλά πώς θα περπατήσω;
- Τι θα κάνουμε; αναρωτήθηκαν όλα τα παιδιά και κάθισαν γύρω της σκεφτικά.

Ούτε μπρος να πάνε μπορούσαν ούτε πίσω.
- Εγώ προτείνω, είπε ο Κλου, να συνεχίσετε εσείς, εγώ θα μείνω κοντά στη Σόφη. Θα σας περιμένουμε να γυρίσετε. Στο μεταξύ ο πόνος θα 'χει λιγοστέψει. Τότε θα τη βοηθήσουμε να κατέβει σιγά σιγά.
- Ναι, ναι, συμφώνησε η Σόφη, είναι η καλύτερη λύση. Δεν πρέπει να σταματήσετε εξαιτίας μου.

Αφού το συζήτησαν λίγο, τελικά τα παιδιά συμφώνησαν με την πρόταση του Κλου. Τους άφησαν ένα από τα θερμός, λίγα φρούτα και ξανάρχισαν το ανέβασμα για την κορυφή του Ελλανίου όρους.

Ήταν περασμένες εννέα.

Οι γονείς και οι φίλοι τους είχαν χάσει τον ενθουσιασμό τους για τη θαλάσσια εκδρομή τους. Στο ψάρεμα στάθηκαν άτυχοι, ούτε ένα ψάρι. Δύο χταπόδια κι αυτά μικρά. Στο όμορφο νησί της Μονής, που αράξανε, είχε μαζευτεί πολύς κόσμος. Κυριακή κι όλοι είχαν κάνει την ίδια σκέψη, να ξεφύγουν από τις γεμάτες πλαζ του νησιού. Με

καΐκι, βενζίνες και γιοτ, είχαν καταφύγει στη Μονή. Φυσούσε μελτέμι.
- Θα 'χουμε θάλασσα, είπε ο Βύρων.
- Τι ώρα να 'ναι; ρώτησε η Ζωή.
- Εννέα και δέκα, της απάντησε ο Αλέξανδρος.
«Άραγε ξύπνησαν τα παιδιά;» αναρωτήθηκε η Βέρα.
- Τι λέτε να κάνουμε; ρώτησε ο Γιάννης που δεν ήταν καθόλου «θαλασσόλυκος».
Του άρεσε, όταν πήγαινε στην εξοχή, να κάθεται στην πολυθρόνα και ν' απολαμβάνει ήρεμα τον καφέ του.
- Πρώτα να κολυμπήσουμε, πρότεινε η Ζωή, να φάμε κανένα καλό ψάρι κι ύστερα ας γυρίσουμε στο Μούντι. Συμφωνείτε; ρώτησε ευγενικά τους φίλους των Καρυώτη που είχαν έρθει μαζί τους, ένα συμπαθητικό κι ευχάριστο ζευγάρι.
Και βέβαια. Δεν είχαν καμιά αντίρρηση, θα έκαναν ό,τι ήθελε η παρέα.
- Λοιπόν, συνέχισε η Ζωή, καλά θα κάνεις, Αλέξανδρε, να παραγγείλεις το ψάρι, γιατί με τον κόσμο που έχει δε θα βρούμε τίποτε να φάμε.
Αλλά ψάρι δεν είχε στο μοναδικό εστιατόριο της Μονής. Ούτε και τίποτε άλλο.
- Περιμένουμε το «Μαριώ» με διακόσιους τουρίστες, μας έχουν παραγγείλει από μέρες, τους εξήγησε ο εστιάτορας.
Όλη η παρέα έβαλε τις φωνές:
- Διακόσιοι τουρίστες; Χαθήκαμε, πάμε να φύγουμε.
- Θέλετε να σας πάω στο Αγκίστρι; ρώτησε ο Βύρων. Κανένας όμως δεν είχε κέφι.
- Και δε γυρίζουμε καλύτερα στο Μούντι, πετάχτηκε ο

Γιάννης, που πολύ είχε νοσταλγήσει τις αναπαυτικές πολυθρόνες του. Θα κάνουμε μπάνιο με τα παιδιά που είναι μόνα τους και θα φάμε ωραίο φαγητό, ο Σαράντης είναι περίφημος.

Πραγματικά ο Σαράντης, ο μάγειρας του Μούντι, ήταν εξαιρετικός. Όλοι δέχτηκαν την ιδέα του Γιάννη μ' ενθουσιασμό. Γιατί όλοι ήθελαν να γυρίσουν.

- Πάμε λοιπόν. Πλώρη για την Αιγινήτισσα.

Ο Βύρων σε δύο λεπτά έβαλε μπροστά τη μηχανή του μικρού γιοτ.

Φυσούσε, ο αέρας έσπρωχνε το σκάφος που κλυδωνιζόταν μπρος πίσω πάνω στα κύματα.

Η Σάσω έλεγε στη Ζωή:

- Τα παιδιά θα χαρούν που θα μας δουν.

- Πολύ φυσικό, της απάντησε η φίλη της. Δεν έχουν κάθε μέρα τους μπαμπάδες. Να μην παίξουν μαζί ένα Σαββατοκύριακο;

Το πολύχρωμο Μούντι φάνηκε πολύ σύντομα. Οι μαύρες κουκίδες που γέμιζαν τη θάλασσά τους έγιναν σε λίγο κεφάλια βρεμένα. Από το γιοτ όλοι προσπαθούσαν να μαντέψουν ποια από τα κεφάλια ήταν των παιδιών τους, αλλά ο Βύρων έριξε την άγκυρα μακριά από την αμμουδιά και δύσκολα μπορούσες να διακρίνεις.

Ο Βύρων πήδησε μέσα στη λαστιχένια βάρκα και βοήθησε τις γυναίκες να μπούνε.

Με το μοτεράκι φτάσανε σε δύο λεπτά στο Μούντι.

- Πού να 'ναι τα παιδιά;

Η Ζωή έριξε μια ερευνητική ματιά στην πλαζ, στο γρασίδι, στη θάλασσα. Δεν τα είδε πουθενά.

- Μπορεί και να μην κατέβηκαν ακόμη. Οι δικές μου

είναι κάτι τεμπέλες... Φύγαμε και θα βρήκαν την ευκαιρία να χουζουρέψουν, είπε η Σάσω.

– Μπα, μπορεί να κάνουν μπάνιο στη θάλασσα του Καζαμία, είπε η Βέρα. Ο Άγγελος είναι πρωινός και θα τους έχει ξεσηκώσει.

– Πάμε κι εμείς, είπε η Ζωή, να τους πούμε πως γυρίσαμε κι ύστερα ερχόμαστε όλοι μαζί στο Μούντι.

Στο σπίτι του Καζαμία η Ζωή δε βρήκε κανένα παιδί. Ρώτησε τη Δέσπω.

– Πρωί πρωί, μόλις φύγατε, φύγαν το κατόπι σας για να προλάβουν να δουν το σκάφος να ξεκινάει.

«Παράξενο» σκέφτηκε η Ζωή.

Στο σπίτι των Καρυώτη τα κρεβάτια ήταν ξέστρωτα, η πόρτα ανοιχτή, άφαντα τα κορίτσια.

Είχε ανέβει κι ο Βύρων ν' αφήσει τα χταπόδια:

– Μα πού είναι τα παιδιά;

– Ίσως στο ξενοδοχείο, στο δωμάτιο του Άγγελου.

Κατέβηκαν. Ρώτησαν τη Βέρα που μόλις έβγαινε από το δωμάτιό της.

– Όχι, ο Άγγελος δεν είναι εδώ.

Ρώτησαν στην υποδοχή του ξενοδοχείου:

– Μήπως είδατε τα παιδιά να περνάν από δω;

– Όχι.

Ρώτησαν τα γκαρσόνια, στο εστιατόριο.

– Όχι, δεν τα είδαμε καθόλου σήμερα, ούτε ο Άγγελος ήρθε να πάρει πρωινό.

Τώρα οι γονείς ανησύχησαν.

«Πού να πήγαν;» αναρωτιόνταν και σμίγαν τα φρύδια τους.

- Ίσως θα πρέπει να ειδοποιήσουμε τη Χωροφυλακή, φώναξε η Ζωή.
- Τρελάθηκες; τη μάλωσε η Βέρα. Τόσα παιδιά μαζί δε χάνονται, κάπου θα πήγαν. Να περιμένουμε.
- Να περιμένουμε λίγο, συμφώνησαν και οι άλλοι και κάθισαν στη βεράντα του εστιατορίου.
- Ας παραγγείλουμε καφέ, είπε ο Γιάννης.
Αλλά ούτε ο καφές ούτε η αναπαυτική πολυθρόνα δεν τον ευχαριστούσε τούτη τη στιγμή. Ανησυχούσε. Όλοι ήταν ανήσυχοι, κοιτούσαν κάθε τόσο τα ρολόγια τους. Κόντευε πια μεσημέρι.
- Δεν μπορώ να περιμένω άλλο, είπε η Ζωή και σηκώθηκε νευρικά από το κάθισμά της. Πρέπει να κάνουμε κάτι.
Και οι άλλοι σηκώθηκαν μαζί της. Ίσως να 'χε δίκιο, τα παιδιά αργούσαν πολύ. Προχώρησαν προς το ξενοδοχείο, φτάσανε στην είσοδο, χωρίς να ξέρουν ή να 'χουν α- ποφασίσει τι θα έπρεπε να κάνουν.
- Να τηλεφωνήσουμε στη Χωροφυλακή, επέμενε η Ζωή. Τα χέρια της έτρεμαν.
Η Νικόλ κοντά της προσπαθούσε να την ηρεμήσει:
- Κάπου θα πήγαν, μην κάνεις έτσι.
Ο Βύρων είχε ανεβεί πάνω στο δρόμο και κοιτούσε α- φηρημένος, σκεφτόταν τι ήταν πιο φρόνιμο να κάνουν.
Ξάφνου τον άκουσαν να φωνάζει:
- Να τους, έρχονται!
Όλοι έτρεξαν κοντά του.
Από μακριά τα είδαν να προχωρούν προς το Μούντι. Το θέαμα ήταν παράδοξο. Ο Κλου κι ο Αλέξης είχαν κάνει τα μπράτσα τους σκαμνάκι και σήκωναν τη Σόφη που

τους κρατούσε αγκαλιαστά. Πλησίαζαν. Ο Αλέξης γυμνόστηθος, το πόδι της Σόφης δεμένο.

Προχωρούσαν τα παιδιά, προχωρούσαν και οι γονείς βιαστικοί προς το μέρος τους, ακολουθούσε πιο πίσω το ζευγάρι των φίλων.

Τα παιδιά τούς είδαν να 'ρχονται και κοντοστάθηκαν, μοιάζαν φοβισμένα. Πρώτη η Σάσω τα πλησίασε.

– Σόφη, τι έπαθες; φώναξε.

– Τίποτε, μαμά, στραμπούλιξα λίγο το πόδι μου.

Τώρα όλοι τα περιτριγύρισαν. Τα ξαναμμένα τους πρόσωπα, τα καταϊδρωμένα, οι χίλιες γρατζουνιές τους, τα σκονισμένα τους παπούτσια, η ταραχή τους, άφησαν άφωνους τους μεγάλους, λες και κάθε ερώτηση ήταν περιττή.

Ο γιατρός, ο πάντοτε ήρεμος Αλέξανδρος, μίλησε:

– Πάμε πρώτα τη Σόφη στο Μούντι, κι ύστερα τα λέμε.

Με το Βύρωνα τη σήκωσαν και προχώρησαν μπροστά. Πίσω ακολουθούσαν οι άλλοι. Η Νικόλ πλησίασε τον Αλέξη και τον κοίταξε, αλλά δεν πήρε καμιά απάντηση. Φτάσανε στο ξενοδοχείο, πάντα αμίλητοι. Τα παιδιά μουδιασμένα και οι μεγάλοι αυστηροί. Ο Αλέξανδρος κάθισε τη μικρή σε μια πολυθρόνα.

– Πάρτε τα παιδιά και πηγαίνετε στο σπίτι, είπε ο Βύρων στη γυναίκα του. Θα φροντίσουμε τη Σόφη και θα 'ρθούμε και μεις.

Και πάλι κανένας δε μιλούσε όσο πήγαιναν για το σπίτι. Όταν ανέβηκαν την ξύλινη σκάλα, τα παιδιά, σαν συνεννοημένα, τρέξαν και μπήκαν στην κουζίνα. Διψούσαν τρομερά. Είχε στεγνώσει ο λαιμός τους, πριν απ' όλα να πιουν, να πιουν, κι ύστερα ας άκουγαν την κατσάδα τους.

Οι γονείς σίγουρα ήταν θυμωμένοι και πώς να δικαιολογηθούν; Δεν είχαν βρει ούτε τις λίρες και η αποστολή τους είχε αποτύχει. Τριπλά: άνθρακες ο θησαυρός, ένα στραμπούλιγμα και οι γονείς, που, ποιος ξέρει για ποιο λόγο, είχαν γυρίσει τόσο νωρίς.
Η Ζωή ήταν πιο θυμωμένη απ' όλους:
– Ελάτε γρήγορα έξω. Πού ήσαστε, τι πάθατε;
Η Λίνα πρώτη θέλησε να εξηγήσει, να δικαιολογήσει. Η μητέρα της, όμως, δεν την άφησε:
– 'Οχι εσύ, ο Αλέξης, ο Κλου, ας μιλήσουν.
Τ' αγόρια δίσταζαν. Τι να πρωτοπούν;
Η Νικόλ όμως είχε καταλάβει. Κοίταξε τον Αλέξη.
– Ο Χανς πάλι; τον ρώτησε.
– 'Οχι ο Χανς, πάλι ο Χανς ΣΟΥ, της απάντησε το αγόρι πειραγμένο. Η κυρα-Μαρία ΜΑΣ πάλι και οι λίρες της.
Ένιωθε υπεύθυνος, αλλά όχι ένοχος. Ό,τι έκαναν ήταν για να βοηθήσουν μια φτωχή γυναίκα. Η πράξη τους είχε ευγενικά κίνητρα.
Η Ζωή δεν κρατήθηκε:
– Μα δεν είχατε πει, δεν είχατε υποσχεθεί πως πάει, έληξε αυτή η υπόθεση;
– Ναι, Ζωή, έχεις δίκιο, το υποσχεθήκαμε, γιατί θέλαμε να σας καθησυχάσουμε, της είπε ο Κλου κοιτώντας τη θαρρετά μέσα στα μάτια. Και δε νομίζω πως πρέπει να 'στε τόσο θυμωμένοι. Αν είχαμε βρει τις λίρες, δε θα χαιρόσασταν μαζί μας;
Δίστασε η Ζωή πριν απαντήσει. Ίσως να μην είχε το παιδί και τόσο άδικο, αλλά έπρεπε να είναι αυστηρή. Είχαν πει ψέματα. Η θάλασσα που πείραζε τον 'Αγγελο, η

119

υπόσχεση πως θα μείνουν φρόνιμοι στο Μούντι, όλα ήταν ψέματα.
- Εκείνο που με πειράζει, το ξέρεις πολύ καλά, Κλου, είναι το ψέμα.

Η Λίνα τότε πετάχτηκε:
- Ναι, αλλά, αν σου λέγαμε την αλήθεια, θα μας άφηνες να πάμε στο Ελλάνιον όρος;
- Πού πήγατε; ρώτησαν όλοι οι μεγάλοι με μια φωνή.

Εκείνη τη στιγμή ο Βύρων με τον Αλέξανδρο ανέβαζαν τη Σόφη.
- Δεν είναι τίποτε, είπε ο Αλέξανδρος, ένα ελαφρό στραμπούλιγμα. Ο Αλέξης έκανε εκείνο που έπρεπε, χαμογέλασε στο γιο του. Χαλάλι το πουκάμισο...

Μια φράση, ένα χαμόγελο του πατέρα και τα παιδιά νιώσαν ξαλαφρωμένα. Η Ράνια σήκωσε το κεφάλι και κοίταξε με τα γαλάζια καθάρια μάτια της τη μητέρα της. Η Σάσω δεν της είπε τίποτε. Σκεφτόταν: «Κι εγώ που νόμιζα πως οι κόρες μου ήταν δεμένες στη φούστα μου».

Ο Άγγελος έστεκε παράμερα, ήρεμος. Ήξερε πως οι δικοί του οι γονείς δε θα 'λεγαν τίποτε. Ποτέ τους δεν τον μάλωναν. Οι φίλοι των Καρυώτη παρακολουθούσαν με πολύ ενδιαφέρον όλη αυτή την ιστορία.

- Λοιπόν, είπε ο Βύρων, μπορούμε ν' ακούσουμε την περιπέτειά σας; Κάτι μας είπε η Σόφη. Ώστε άνθρακες ο θησαυρός...

Η Ζωή, κι αυτή είχε ξεθυμώσει. Όλα τα παιδιά ήταν καλά, γερά, δόξα τω Θεώ.
- Λοιπόν, θα μας μιλήσετε επιτέλους;
Η Ράνια άρχισε πρώτη να διηγιέται.

Τους είπε για τους συλλογισμούς που είχαν κάνει, πως

είχαν καταλήξει στο συμπέρασμα πως ο θησαυρός του Χανς θα έπρεπε να βρίσκεται κρυμμένος στη δεξαμενή, πάνω στο όρος. Πώς σκάρωσαν το σχέδιο, πώς ξεκίνησαν, πώς έφτασαν στην Παχιαράχη, πώς χτύπησε το πόδι της η Σόφη κι ύστερα το κουραστικό ανέβασμα μέχρι την κορυφή. Το βουνό δεν ήταν και τόσο ψηλό, αλλά ο δρόμος ήταν τόσο κακός, που δυσκολεύτηκαν ώσπου να φτάσουν. Όταν πάτησαν την κορυφή είδανε αμέσως την εκκλησία των Τριών Ταξιαρχών και βρήκανε αμέσως την ορθογώνια ταράτσα με τους πολυγωνικούς ογκόλιθους γύρω γύρω για τοίχο, και ο Άγγελος τους έδειξε τα θεμέλια μιας μικρής στοάς και, πίσω από τη στοά, τη δεξαμενή, σκαμμένη μέσα στο βράχο. «Οι τοίχοι της» είχε πει ο Άγγελος «είναι από ξερολιθιά». Ο Αλέξης κατέβηκε, οι άλλοι κοιτούσαν. Δεν ήταν και μικρό πράγμα το κατέβασμα. Πατούσε στις εσοχές της δεξαμενής. Είχαν μαζέψει ένα μεγάλο κλαρί, σαν μαγκούρα, και μ' αυτό χτυπούσε ο Αλέξης τους τοίχους μπας κι ακουστεί κάποιος ήχος που να πρόδιδε ένα κενό σημείο, μια κρυψώνα.

– Τίποτε, μ' έπιασε απελπισία, είπε η Ράνια, ήθελα να κλάψω από το κακό μου...

– ... Και τότε, συνέχισε ο Άγγελος, τραβήξαμε για τη δεύτερη δεξαμενή.

– Τι θέλετε τώρα να σας πούμε; τους ρώτησε με πίκρα ο Αλέξης. Την απογοήτευσή μας; Εγώ που ήμουν σίγουρος πως οι λίρες ήταν κρυμμένες εκεί; Κατέβηκα ξανά, δεν ήταν τόσο δύσκολο, κι ας λέει η Ράνια, και ξανάρχισα το ψάξιμο. Έψαξα σπιθαμή προς σπιθαμή τον τοίχο της δεξαμενής. Τίποτε. Τίποτε, τίποτε.

Τα μάγουλα του Αλέξη είχαν κοκκινίσει. Έμοιαζε θυμωμένος με τον εαυτό του.
– Τώρα μπορούμε να παραιτηθούμε, σας το υποσχόμαστε τούτη τη φορά στ' αληθινά. Αν θυμηθεί ποτέ ο Χανς, ίσως τις βρούμε μια μέρα...
Οι γονείς δε μιλούσαν. Νιώθαν και κείνοι πίκρα για την απογοήτευση των παιδιών τους. Η Νικόλ πιο πολύ απ' όλους. Η ιστορία του Γερμανού της είχε προκαλέσει όλη τούτη την αναστάτωση.
Η Λίνα, που ήθελε και κείνη να μιλήσει, συνέχισε:
– Και γυρίσαμε πίσω. Πόσες φορές κοντέψαμε να κουτρουβαλήσουμε. Κατεβαίναμε όμως γρήγορα. Μας περίμεναν η Σόφη με τον Κλου. Άλλη απογοήτευση, όταν τους είπαμε για τον «αφανή θησαυρό». Από κει, κούτσα κούτσα η Σόφη, τη βάσταγαν τ' αγόρια, το καθένα με τη σειρά του, φτάσαμε στην άσφαλτο. Ευτυχώς περνούσε εκείνη την ώρα ένα τεράστιο καμιόνι γεμάτο χαλίκι και μας πήρε. Μας άφησε λίγο πιο πριν από το Μούντι, εκεί που φτιάχνουν ακόμη το δρόμο. Κι ύστερα, τι τα θέλατε, σταθήκαμε άτυχοι, σας συναντήσαμε. Γιατί γυρίσατε τόσο νωρίς; Μας είχατε υποσχεθεί πως θα τρώγατε στη Μονή.
– Ωραία, είπε γελώντας η Βέρα, τώρα θα μας κάνουν και παρατήρηση. Σας ζητούμε συγγνώμη για τον απρόοπτο γυρισμό μας.
Όλοι γέλασαν. Τα παιδιά μαζί τους. Έπρεπε να το πάρουν απόφαση: οι λίρες του Χανς θα έμεναν πάντα «αφανής θησαυρός».

Το καλοκαίρι
συνεχίζει την πορεία του

Οι μέρες κυλούσαν όμορφα στην Αίγινα. Το πόδι της Σόφης είχε γιάνει και τα παιδιά είχαν ξαναβρεί το κέφι τους.

Η Νικόλ, που ήθελε να «ξεπληρώσει το χρέος της», όπως έλεγε, σοφιζόταν χίλια δυο παιχνίδια για να τους διασκεδάσει. Τα βράδια, ύστερα από το κολύμπι, το τρέξιμο, την εκδρομή, μαζεύονταν όλοι στην αυλή. Συζητούσαν, σκάρωναν φάρσες, τρώγανε κάτω από την κληματαριά, γελούσε η Δέσπω με την όρεξη που είχαν, γελούσαν κι οι γονείς με τη χαρά που έκανε τα μάτια των παιδιών να φωσφορίζουν.

Μια νύχτα με πανσέληνο, μικροί και μεγάλοι, βουτήξανε στη θάλασσα του Καζαμία. Στα νερά της καθρεφτιζόταν τ' ολοστρόγγυλο φεγγάρι με τις ασημένιες αχτίδες του. Έφεγγε, λες κι ήταν μέρα. Οι φωνές και τα γέλια σκέπαζαν των γρύλων το τραγούδι.

Η Ράνια, η Σόφη κι ο Αλέξης κολυμπούσαν λίγο πιο πέρα, στα βαθιά.

– Κάνουμε αγώνες, ποιος θα φτάσει πρώτος πίσω στην εξέδρα; πρότεινε η Ράνια.

– Δε γίνεται, της είπε ο Αλέξης, πώς θα κολυμπήσεις γρήγορα μ' ένα ξύλινο πόδι;

Ξέσπασαν στα γέλια τα δυο κορίτσια.
- Θυμάσαι, Αλέξη;
- Αν θυμάμαι; Ξεχνιούνται τέτοιες ιστορικές ώρες; Η Σόφη ήταν καμπούρα.
- Κι αν ήμουν; τον ρώτησε η Σόφη.
- Κι αν ήσουν, πάλι θα ήθελα να γίνεις φίλη μου, και συ, Ράνια, κι ας είχες ένα πόδι. Θα σας αγαπούσα όπως και να ήσαστε... Το φεγγάρι με κάνει ρομαντικό. Μη με κοροϊδεύετε...
Οι δύο αδερφές δεν είχαν καμιά διάθεση να τον κοροϊδέψουν. Κολυμπούσαν έχοντας το φίλο τους ανάμεσά τους κι ήταν κι οι δύο συγκινημένες.
- Έχεις δίκιο, του απάντησε η Σόφη, κι εγώ πιστεύω στη φιλία. Θα πρέπει να βλεπόμαστε το χειμώνα.
- Ναι, να βλεπόμαστε, είπε και η Ράνια. Θα 'χουμε τόσα να πούμε κι ας μην πηγαίνουμε στο ίδιο σχολείο.
Από το μπαλκόνι του σπιτιού ακούστηκε η φωνή της Ζωής:
- Γυρίστε τώρα, είναι αργά.
Ο Αλέξης αναστέναξε:
- Αχ, αυτή η μαμά μου, μοιάζει με στρατηγό, όλο διαταγές δίνει. Με νευριάζει... Και πρέπει να υπακούμε, κατάλαβες, φίλε μου;
Και τα παιδιά, με απλωτές, φτάσανε γρήγορα στην εξέδρα.
Έκανε ζέστη, δεν ήθελαν ούτε να σκουπιστούν. Ο Κλου, η Λίνα κι ο Άγγελος είχαν κιόλας ανέβει στο σπίτι. Η Σάσω, έτοιμη, περίμενε τις κόρες της:
- Θα κρυώσετε, ντυθείτε, είναι ώρα να πηγαίνουμε.
Ανέβηκαν την τσιμεντένια σκάλα. Θα είχαν διάθεση να

μείνουν ως το πρωί. Γιατί να υπάρχει ο ύπνος; «Σπατάλη χρόνου» σκεφτόταν ο Αλέξης.
Σε λίγο, στο κατώφλι, είπανε το τελευταίο «καληνύχτα». Η Λίνα τους φώναξε:
— Κι όπως είπαμε, παιδιά, αύριο θα πάμε σινεμά.
— Και τώρα στα κρεβάτια σας, κι όχι κουβέντες πολλές, είπε η Ζωή.
Ξάπλωσαν όλοι, μικροί και μεγάλοι. Η γλυκιά νύχτα, φωτεινή, ασάλευτη, τους αγκάλιασε κι ο ύπνος κατέβηκε στα βλέφαρά τους.
Το σπίτι του Καζαμία κοιμόταν.
Μόνο η Λίνα κρατούσε ορθάνοιχτα τα μάτια. Πείσμα στην κούραση, δεν έλεγε να τα κλείσει. Οι αχτίδες του φεγγαριού παίζανε με το φως τους μέσα στο δωμάτιο. Σκεφτόταν. Οι μέρες που πέρασαν, σαν ταινία, ξαναγύριζαν μέσα στο μυαλό της. Χαμογελούσε:
«Κρίμα που θα τέλειωνε τ' όμορφο τούτο καλοκαίρι. Τα περνούσαν τόσο καλά με τη Σόφη, τη Ράνια, τον Άγγελο. Σε λίγο θα ξανάρχιζε το σχολείο. Θα έφευγε κι η χρυσή Νικόλ για το Παρίσι, άραγε ο Χανς θα ξανάβρισκε τη μνήμη του; Όμορφος που ήταν στη φωτογραφία, κι ας ήταν Γερμανός. Γιατί έγραφε τόσα και τόσα στο σημειωματάριό του; Του άρεσαν οι εκκλησίες; Είχε τριγυρίσει όλο το νησί; Η Νικόλ είπε πως ήταν παιδί από καλούς γονείς, γιατί να 'χε κλέψει τους φτωχούς ανθρώπους; Εκείνη τη νύχτα, την τελευταία νύχτα, ταράχτηκε όταν του είπε η γιαγιά: "Στο καλό, παιδί μου, κι ο Θεός να σε συγχωρήσει". Μπορεί να ένιωθε δυστυχισμένος και οι κλέφτες πολλές φορές είναι δυστυχισμένοι ή μετανιωμένοι. Τι τον έπιασε και βγήκε μέσα στη νύχτα; "Έκανε κρύο" είχε πει

η κυρα-Μαρία "κι έβρεχε". Πού πήγαινε μέσα στο σκοτάδι; Μήπως...»

Η Λίνα πετάχτηκε κι ανακάθισε στο κρεβάτι της.

«Μα, βέβαια, πώς δεν το σκεφτήκαμε; Ο Χανς πήγαινε να βρει τις λίρες, εκεί που τις είχε κρύψει! Πού βρίσκεται η Βαγία; Την είχε δει καλά στο χάρτη. Στα πόδια του βουνού. Τότε η δεξαμενή, ο σταυρός, ο ναός...»

– Βρήκα, βρήκα, φώναξε και η φωνή της ξέσκισε την ηρεμία της νύχτας.

Τα κοιμισμένα αγόρια τρόμαξαν μέσα στον ύπνο τους και ξύπνησαν μεμιάς:

– Τι τρέχει, Λίνα; τη ρώτησαν κι οι δύο μαζί. Τι έχεις; Γιατί φωνάζεις;

Η μικρή έτρεξε κοντά τους. Ψέλλιζε, έχανε τα λόγια της, ήθελε να εξηγήσει:

– Βρήκα, τη δεξαμενή, ο σταυρός, ο Χανς έτρεχε μέσα στη νύχτα...

– Ησύχασε, Λίνα, ο Αλέξης της χάιδεψε το κεφάλι. Όνειρο θα είδες, έλα, ξάπλωσε κοντά μου, δεν είναι τίποτε, αδερφούλα, κοιμήσου.

Τώρα όμως η Λίνα γελούσε:

– Όχι, Αλεξούλη μου, δεν είναι όνειρο, βρήκα τις λίρες του Χανς.

Ο Κλου ταράχτηκε. Τι είχε πάθει το Λινάκι, είχαν σαλέψει τα λογικά του;

– Καλά, καλά, τώρα ξάπλωσε, κοιμήσου, αύριο τα λέμε.

Η Λίνα γελούσε με την έκφραση των αγοριών. Τους κοίταξε καλά καλά με τα μεγάλα έξυπνα μάτια της.

- Όχι, Κλου, δεν τρελάθηκα. Βρήκα, σας λέω, τις λίρες.
- Πού, την κορόιδεψε ο Αλέξης, στον ύπνο σου ή κάτω από το μαξιλάρι σου;
- Πάψε, κουτέ, κι ακούστε με.
Τώρα είχε ύφος σοβαρό, τ' αγόρια σώπασαν και περίμεναν.
- Λοιπόν, τους είπε, μη με διακόψετε, θα τα πω με τη σειρά: Ο Χανς κλέβει τις λίρες των Χαλδαίων. Ο Χανς τις κρύβει κάπου, ο Χανς παίρνει φύλλο πορείας, θα φύγει από την Αίγινα, την παραμονή ο Χανς αποχαιρετά τους Χαλδαίους. Ο Χανς ξαφνικά βγαίνει μέσα στη νύχτα, στο κρύο, στη βροχή. Τρέχει. Πού πηγαίνει; Μα, είναι φανερό: να βρει τις λίρες που έχει κρυμμένες. Η Βαγία, πού βρίσκεται; Στα πόδια ενός βουνού. Πάνω σ' αυτό το βουνό, τι έχει; Το ναό της Αφαίας. Και τι άλλο; Μια δεξαμενή. Οι αρχαίοι μάζευαν τη βροχή. Και πώς λεγόταν η θεά; Άφα, αφανής, Αφαίη.
Πήρε ανάσα.
- Λοιπόν, ορίστε: Ναός, αφανής, δεξαμενή, βροχή, κι αν θέλετε να σιγουρευτούμε, ας πάμε στη Βαγία κι ας ρωτήσουμε τους Χαλδαίους, σε ποιο μέρος πάτησε τη νάρκη ο Χανς. Βάζω στοίχημα ότι θα μας πουν πως βρίσκεται στο δρόμο που πάει για την Αφαία.
Τ' αγόρια έμειναν άφωνα, με ορθάνοιχτα τ' αυτιά είχαν ακούσει τα λόγια της μικρούλας Λίνας. Ο Αλέξης θυμήθηκε:
- ... Και συ φώναξες: να ένα *πηγάδι,* κι ο Άγγελος σου απάντησε, δεν είναι πηγάδι, είναι *δεξαμενή,* ύστερα μας μίλησε για την *Αφαία,* τη θεά που εξαφανίστηκε από τα

μάτια όλων, *αφανής*, και ήμασταν καθισμένοι στα σκαλοπάτια του *ναού*. Θεέ μου, τι βλάκες που δεν το σκεφτήκαμε...

Ο Κλου δεν έλεγε ν' αρθρώσει λέξη, κοιτούσε με θαυμασμό τη μικρή του φίλη.

- Και τώρα, συνέχισε η Λίνα, θα πρέπει να το πούμε στα παιδιά και να πάμε στην Αφαία.

Ο Κλου κι ο Αλέξης, εκείνη τη νύχτα, έμειναν ξύπνιοι ώρα πολλή.

Η Λίνα αποκοιμήθηκε ευτυχισμένη στην αγκαλιά του αδερφού της.

«Έκτακτο συμβούλιο»

«Και τώρα, πώς θα πάμε στην Αφαία;» αναρωτήθηκαν τα παιδιά, ύστερα από το «έκτακτο συμβούλιο» που έγινε την άλλη μέρα, νωρίς το πρωί, στο μίνι γκολφ του Μούντι, μακριά από τα βλέμματα των μεγάλων.

Πριν ακόμα βγει ο ήλιος, ο Αλέξης είχε πάει στο σπίτι των Καρυώτη. Ευτυχώς, όπως πάντα, τα πορτοπαράθυρα ήταν ορθάνοιχτα. Στα νύχια των ποδιών, για να μην ξυπνήσει τους γονείς, μπήκε στο μεγάλο δωμάτιο κι άγγιξε την κοιμισμένη Ράνια στον ώμο. Εκείνη, αμέσως άνοιξε τα μάτια. Απόρησε βλέποντας τον Αλέξη, να στέκεται από πάνω της.

– Τι τρέχει; τον ρώτησε.

– Σς... σς... σς..., της ψιθύρισε ο Αλέξης, μη μιλάς δυνατά. «Έκτακτο συμβούλιο». Ξύπνησε και τη Σόφη κι ελάτε σ' ένα τέταρτο στο μίνι γκολφ, έχουμε να σας πούμε...

Από κει πήγε στο ξενοδοχείο, για τον Άγγελο, αυτόν δε χρειάστηκε να τον ξυπνήσει. Ο φίλος τους, πάντα πρωινός, διάβαζε στη βεράντα. Άκουσε το σφύριγμα και σήκωσε το κεφάλι.

– Τι τρέχει; ρώτησε περίεργος.

Για να μη φωνάξει ο Αλέξης και ξυπνήσει τους γύρω ενοίκους, του έκανε νόημα να κατέβει.

- «Έκτακτο συμβούλιο», πάμε, θα 'ρθουν και τα κορίτσια.
Σε δέκα λεπτά είχαν μαζευτεί. Η πρωινή δροσιά τύλιγε τον κήπο του Μούντι, τους θάμνους, τα λουλούδια. Πάνω στο καταπράσινο γρασίδι, οι δροσοσταλίδες μοιάζαν με γυάλινες χαντρίτσες. Ο γεροκηπουρός πιο κει σκάλιζε μια τριανταφυλλιά.
- Είναι θεόκουφος, είπε ο Άγγελος, μπορούμε να μιλήσουμε. Λοιπόν, τι τρέχει;
Και τότε ο Αλέξης με τον Κλου διηγήθηκαν με κάθε λεπτομέρεια την ανακάλυψη της Λίνας. Εκείνη δεν έλεγε κουβέντα, άφηνε τ' αγόρια να μιλάνε και κοιτούσε τους φίλους της στα μάτια για να τσακώσει την αντίδρασή τους.
Ένιωθε πρωταγωνίστρια πάνω σε σκηνή θεάτρου. Άκουγαν προσεχτικά όλοι τους και όταν τέλειωσαν τ' αγόρια, τα κορίτσια δεν κρατήθηκαν άλλο:
- Δίκιο έχει η Λίνα!
- Μπράβο, Λινάκι, είσαι καταπληκτική!
- Σίγουρα, αυτή θα 'ναι η δεξαμενή!
- Κι όχι αφανής θησαυρός, αλλά θεά αφανής...
- Για σκέψου... και τώρα, τι θα κάνουμε;
Μιλούσαν τα κορίτσια, λάμπαν τα μάτια της Λίνας, ένιωθε περήφανος ο Αλέξης για την εξυπνάδα της αδερφής του. Ο Άγγελος, μόνο, κρατούσε σκυφτά το κεφάλι.
- Τι έχεις; τον ρώτησαν όλοι, τι σκέφτεσαι;
Τους κοίταζε μ' ένα θλιμμένο ύφος.
- Τι να 'χω; Το κακό μου το χάλι έχω. Η Λίνα μου 'δωσε ένα γερό μάθημα. Μαθαίνω, μαθαίνω, ξέρω του κόσμου τα βιβλία απέξω κι ανακατωτά και δεν κατάφερα να κάνω τον πιο απλό συλλογισμό. Τι βλάκας που είμαι! Μι-

λούσα πάνω στο βουνό, σας ζάλιζα, κι ούτε μου πέρασε από το μυαλό πως ήμουν στο ναό με τη δεξαμενή της αφανούς Αφαίας. Είναι να μην απελπίζομαι;
- Λες σαχλαμάρες, του είπε η Λίνα, όλοι οι σοφοί έτσι είναι, σαν και σένα. Να σου πω ένα ανέκδοτο;
Δεν περίμενε απάντηση.
- Ένας από τους πιο σοφούς ανθρώπους του κόσμου είχε ποντίκια στη βιβλιοθήκη του, που του ροκάνιζαν τα βιβλία, αλλά είχε και δύο γάτους, ένα χοντρό και ένα μικρό. Φώναξε, λοιπόν, ένα μαραγκό και του είπε να κάνει δύο τρύπες στην πόρτα της βιβλιοθήκης, μια μεγάλη και μια μικρή, για να περνάνε οι γάτοι του να κυνηγάνε τα ποντίκια.
- «Και γιατί δύο τρύπες;» τον ρώτησε έκπληκτος ο μαραγκός.
- «Μα, του απάντησε ο μεγάλος σοφός, έχω δύο γάτους, ένα χοντρό κι ένα μικρό.»
Όλα τα παιδιά γέλασαν με την ιστορία της Λίνας. Μόνο ο Κλου δε γέλασε.
- Πού είναι το αστείο; ρώτησε.
- Χαζέ, του απάντησε η Λίνα. Σοφός είσαι; Η μεγάλη τρύπα φτάνει για να περάσουν οι δύο γάτες.
- Και τώρα, πώς θα πάμε στην Αφαία;
Η Λίνα πρότεινε:
- Για να μη χάνουμε καιρό και ξυπνήσουν οι δικοί μας κι έχουμε φασαρίες, να γυρίσουμε στα σπίτια μας, να σκεφτεί ο καθένας μόνος του, και το μεσημέρι, αντί να κοιμηθούμε, μαζευόμαστε και αποφασίζουμε.
- Πολύ σωστά, είπε ο Κλου. Τούτη τη φορά πρέπει να προσέξουμε. Μην ξεχνάμε πως υποσχεθήκαμε στους γονείς

131

να μην επιχειρήσουμε ξανά αποστολή «αφανούς θησαυρού».
- Ναι, παρατήρησε η Ράνια, αλλά τώρα άλλαξε το πράγμα, ίσως να μην είναι πια αφανής.
- Καλά, καλά, είπε η Σόφη, πάμε σπίτι μπας και ξυπνήσει η μαμά. Το μεσημέρι τα ξαναλέμε.

Το μεσημέρι, ύστερα από το φαγητό, τα παιδιά προφασίστηκαν κάποιο παιχνίδι, κι όταν όλοι οι μεγάλοι πήγανε για ύπνο, μαζεύτηκαν στο δωμάτιό τους, στο σπίτι του Καζαμία. Είχανε πει και στη Νικόλ. Ο Αλέξης, την ώρα που κολυμπούσαν, της είχε εξηγήσει για ποιο λόγο έπρεπε να συγκεντρωθούν και η Νικόλ είχε δεχτεί αμέσως να πάρει μέρος στο συμβούλιο, πρώτον, γιατί έβρισκε πως ο συλλογισμός της Λίνας ήταν σωστός, και δεύτερον, γιατί ένιωθε υπεύθυνη για τα παιδιά και δεν ήθελε να τ' αφήσει ν' αποφασίσουν μόνα τους για το τι έπρεπε να κάνουν.

Κι έτσι, αφού βεβαιώθηκαν πως η Ζωή είχε αποκοιμηθεί, άρχισαν να συζητάνε και να προτείνουν λύσεις.

Η Λίνα ήθελε να πάνε κρυφά τη νύχτα, με κλεφτοφάναρο...

Η πρότασή της απορρίφτηκε παμψηφεί. Πώς θα πήγαιναν; Με ποιο αυτοκίνητο; Τι θα λέγανε στους γονείς; Και κλείνει η πόρτα του ναού μετά τη δύση του ηλίου.

Ο Αλέξης σκέφτηκε πως το πιο φρόνιμο θα ήταν να πάνε ένα πρωινό, δύο από την παρέα, εκείνος κι ο Κλου, ας πούμε, και σε μια στιγμή που δε θα 'χε γύρω κόσμο να κατέβουν στη δεξαμενή...

Μα πώς θα κατέβαιναν; Την είχαν δει τη δεξαμενή από κοντά. Έμοιαζε με πηγάδι. Κι ήταν αρκετά βαθιά.

- Το σκέφτηκα, είπε ο Αλέξης. Θα φτιάξουμε μια σχοινένια σκάλα, θα τη δέσουμε στο γύρω κάγκελο, το σιδερένιο, που βάλανε οι αρχαιολόγοι για να περιφράξουνε τη δεξαμενή, και με την ησυχία μου θα κατέβω και θα ψάξω, πρώτα τη δεξιά πλευρά, εκεί που δείχνει ο σταυρός του Χανς.
- Για τη σχοινένια σκάλα δεν έχω αντίρρηση, είπε η Νικόλ, να πάτε όμως μόνο οι δύο σας, όχι, δε συμφωνώ.
- Και πώς θα γίνει τότε; ρώτησε η Σόφη, που δεν είχε βρει καμιά λύση.
Η Νικόλ έβγαλε τα γυαλιά της:
- Μου φαίνεται πως κάτι σοφίστηκα.
- Για λέγε, γρήγορα.
- Πρώτα, να πούμε στους γονείς πως θα πάμε στο λιμάνι με το λεωφορείο, που περνάει στις τέσσερις τ' απόγευμα...
- Κι αν θελήσουν να μας συνοδέψουν;
- Θα τους πούμε πως τους ετοιμάζουμε μια έκπληξη και πως δεν τους θέλουμε μαζί μας. Κι έτσι, δε θα πούμε και ψέματα.
- Σωστά, είπε η Ράνια, η έκπληξη μπορεί να κρύβει ό,τι μας αρέσει.
- Ύστερα, συνέχισε η Νικόλ, όλοι μαζί θα πάρουμε από το λιμάνι το λεωφορείο και θα πάμε στην Αφαία. Ο Άγγελος θα κάνει τον ξεναγό, θα μιλάει πάνω στο ναό, μακριά από τη δεξαμενή. Εάν έχει ξένους, θα τα λέει γαλλικά ή αγγλικά, για να τους μαζέψει γύρω του. Ο Αλέξης κι εγώ, την ώρα εκείνη, θα δένουμε τη σκάλα, η Ράνια ή η Σόφη θα στέκονται εκεί κοντά για να κρατάνε τσίλιες, στο βωμό ή στο σπίτι των ιερέων. Η Λίνα θα πιάσει κου-

βέντα με το φύλακα, για να τον έχει στο μάτι και να παρακολουθεί τα πήγαινε έλα. Αν δει τίποτε το ύποπτο, θα τρέξει να το πει στη Ράνια, και η Ράνια θα μου σφυρίξει... Τα παιδιά ενθουσιάστηκαν.

– Μπράβο, σπουδαίο σχέδιο.

– Κι αν βρούμε τις λίρες, συνέχισε η Νικόλ, θα τα πούμε όλα στους γονείς, αν πάλι δεν τις βρούμε, θα πούμε ψέματα και την ευθύνη θα την πάρω εγώ, νομίζω πως σας το χρωστάω...

– Πότε θα πάμε; ρώτησαν ανυπόμονα τα παιδιά.

– Αύριο, συμφώνησαν όλοι, αύριο Παρασκευή.

– Πολύ ωραία, είπε ο Αλέξης, για να προλάβουμε να φτιάξουμε τη σχοινένια σκάλα. Να πάμε στην Πέρδικα ν' αγοράσουμε χοντρό σχοινί.

– Μη σας νοιάζει γι' αυτό, τους είπε ο Άγγελος, ξέρω καλά το διευθυντή του Μούντι, τον κύριο Βασιλειάδη, θα του ζητήσω να μας δώσει μπόλικο, τάχατες για το πανί του γιοτ. Η αποθήκη του είναι γεμάτη.

– Όλα είχαν ρυθμιστεί· το συμβούλιο έληξε ελπιδοφόρο.

Δεξαμενή

Την άλλη μέρα το απόγευμα τα παιδιά με τη Νικόλ, όπως τα είχαν συμφωνήσει, φτάσαν στο ναό της Αφαίας. Τη σχοινένια σκάλα την είχαν σε μια μεγάλη τσάντα που κρατούσε ο Αλέξης.

Μόλις πλήρωσε τα εισιτήρια η Νικόλ, η Λίνα φώναξε:

– Είμαι πολύ κουρασμένη, θα καθίσω εδώ να σας περιμένω.

Με το πιο αθώο της ύφος, ρώτησε ευγενικά το φύλακα:

– Σας παρακαλώ, κύριε, μπορώ να καθίσω σ' αυτή την καρέκλα;

Ανύποπτος ο άνθρωπος της απάντησε καλοκάγαθα.

– Και βέβαια, κοριτσάκι μου, θα μου κρατήσεις συντροφιά, θα κόβουμε μαζί τα εισιτήρια. Άλλωστε δε θα περιμένεις πολύ, η παρέα σου γρήγορα θα γυρίσει, σε τρία τέταρτα θα δύσει ο ήλιος και κλείνει η πόρτα του ναού.

Οι άλλοι προχώρησαν αφήνοντας πίσω τους ένα φρόνιμο κοριτσάκι, που είχε πιάσει κιόλας κουβέντα.

– Έχετε παιδάκια, κύριε;

Η Ράνια τράβηξε μόνη της δεξιά, εκεί που ήτανε τα θεμέλια του αρχαίου βωμού· κανένας άλλος δε βρισκόταν εκεί. Η Νικόλ με τον Αλέξη πήγαν κατευθείαν στη δεξαμενή. Ο Άγγελος ορμητικός ανέβηκε στο ναό και πίσω του έτρεξαν ο Κλου με τη Σόφη. Είδαν αμέσως τέσσερις ξένους που τριγύριζαν το μνημείο. Με μια ματιά ο Άγγελος μάντεψε την εθνικότητά τους· αδύνατοι, ξανθοί, κακοντυμένοι, με τις φωτογραφικές τους μηχανές, μοιάζαν Άγγλοι.

Με δυνατή φωνή άρχισε να εξηγεί, μιλώντας αγγλικά, στη Σόφη και στον Κλου, που δεν καταλάβαιναν λέξη.

– Εδώ έπεσε ο κεραυνός και χτύπησε την κολόνα. Εδώ, ελάτε να δείτε. Οι αρχαιολόγοι δεν μπόρεσαν να κάνουν τίποτε και φυσικά μαζί με την κολόνα έπεσε και το επιστύλιο, ελάτε να δείτε...

Φώναζε σαν πραματευτής, που διαφήμιζε την πραμάτεια του. Οι τουρίστες, περίεργοι, τον πλησίασαν και στάθηκαν για να τον ακούσουν. Ο νεαρός αυτός τα έλεγε όλα με πολλή σαφήνεια. Ευκαιρία να πλουτίσουν τις γνώσεις τους.

– Θα πρέπει με τη φαντασία μας ν' αναπαραστήσουμε το σύνολο: πάνω στα επιστύλια ήταν το διάζωμα, μια φαρδιά ταινία με τετράγωνες πλάκες, ζωγραφιστές ή ανάγλυφες και λίγο πιο ψηλά υπήρχε ο γείσος με το λούκι, για να τρέχουν τα νερά της βροχής. Οι αρχαίοι...

Μιλούσε ο Άγγελος, τον άκουγαν οι ξένοι, η Σόφη κι ο Κλου έριχναν κλεφτές ματιές τριγύρω, νευρικοί κι ανήσυχοι.

Η Ράνια, στη θέση της στο βωμό, πρόσεχε προς τη μεριά που ανέβαιναν οι επισκέπτες.

Ο Αλέξης, με γρήγορες κινήσεις, έδενε γερά τη σκάλα στο σιδερένιο κιγκλίδωμα. Τον βοηθούσε η Νικόλ.

– Πρόσεχε, του έλεγε, να 'ναι δεμένη πολύ γερά.

Τράβηξαν κι οι δύο μαζί το σχοινί για να βεβαιωθούν αν κρατούσαν οι κόμποι.

- Εντάξει, και τώρα, είπε ο Αλέξης, κατεβαίνω.
- Πιάσε το χέρι μου, του είπε η Νικόλ.
- Δε χρειάζεται.

Ο Αλέξης καβάλησε το κάγκελο και με τα χέρια έπιασε γερά τα δύο σχοινιά της σκάλας, πάτησε το πόδι του στο πρώτο σχοινένιο σκαλοπάτι κι ύστερα, σιγά σιγά, κατέβηκε και τ' άλλα, ώσπου έφτασε στη μέση της δεξαμενής, κολλημένος πάνω στον τοίχο.

Η Νικόλ ένιωθε την καρδιά της να χτυπάει δυνατά. Σκυμμένη κοιτούσε τ' αγόρι. Ξαφνικά άκουσε το συνθηματικό σφύριγμα. Γύρισε το κεφάλι και είδε κάποιον που κατευθυνόταν προς το βωμό. Έμοιαζε περιηγητής. Θα προχωρούσε προς τη δεξαμενή; Για λίγα δευτερόλεπτα τα 'χασε. Η Ράνια, σαν απολιθωμένη, κοιτούσε τον άγνωστο που κοντοστάθηκε για λίγο κι ύστερα προχώρησε. Ναι, πήγαινε για τη δεξαμενή.

«Και τώρα, τι γίνεται;» σκέφτηκε η Νικόλ. Έσκυψε και είπε σιγανά στον Αλέξη:

- Κάποιος έρχεται, συνέχισε χωρίς να ταραχτείς, θα βρω τρόπο να τα μπαλώσω.

Ο ξένος πλησίαζε, η Ράνια τώρα τον ακολουθούσε. Όταν ο άγνωστος έφτασε στη δεξαμενή κι έσκυψε να δει, ξαφνιάστηκε. Μίλησε γαλλικά:
- Τι κάνει ο μικρός;

Η Νικόλ με πολλή ψυχραιμία του απάντησε:
- Έπεσε το δαχτυλίδι μου και, ξέρετε, είναι μεγάλης αξίας.

Ο Γάλλος την κοίταξε χαμογελώντας. «Τι όμορφη κοπέλα» σκέφτηκε.

- Λυπάμαι πολύ για το ατύχημά σας. Γαλλίδα είστε; τη ρώτησε ευγενικά.
- Ναι, Παριζιάνα, και σεις;
Η καρδιά της Νικόλ πήγαινε να σπάσει.
- Κι εγώ Παριζιάνος. Τι ευτυχής σύμπτωση, να συναντηθούμε πάνω στο ναό.
- Ναι, ναι, κούνησε το κεφάλι η Νικόλ.
Κάτι έπρεπε να σκαρφιστεί για να τον απομακρύνει. Ο ξένος έσκυψε πάνω από το άνοιγμα της δεξαμενής.
- Νεαρέ, πρόσεχε να μην πέσεις.
- Προσέχω, απάντησε αμήχανος ο Αλέξης, που δεν ήξερε τι να κάνει.
Να ξανανέβει ή να κάνει πως κατεβαίνει για το χαμένο δαχτυλίδι...
Η Ράνια είχε πλησιάσει. Δε μίλησε στη Νικόλ, ούτε η Νικόλ έκανε πως τη γνωρίζει.
- Αν χτυπήσεις, αλίμονό μου, είπε γελώντας ο ξένος. Είμαι γιατρός, αλλά δεν ήρθα εδώ για δουλειά, τουρισμό κάνω.
Γέλασε η Νικόλ με ύφος ξένοιαστο. Το μυαλό της δούλευε...
Ξαφνικά, η Ράνια άρχισε να τρέχει προς το ναό κι εκεί που έτρεχε γλίστρησε κι έπεσε μπήγοντας μια φωνή. Ο Γάλλος κι η Νικόλ γύρισαν να τη δουν.
- Το πόδι μου, το πόδι μου, φώναζε η Ράνια.
Το πρόσωπο της Νικόλ φωτίστηκε, κατάλαβε αμέσως το κόλπο.
- Ω, κύριε, είστε γιατρός, τρέξτε να δείτε τι έπαθε η κοπελίτσα.

Πρόθυμα εκείνος έτρεξε προς το μέρος της Ράνιας κι έσκυψε να τη βοηθήσει.
- Κάνε γρήγορα, Αλέξη, έφυγε.
Ο Αλέξης όμως δε νοιαζόταν για τίποτε, στο χέρι του βαστούσε μια πέτρα, την είχε βγάλει από τον τοίχο της δεξαμενής. Μέσα στο βαθούλωμα, μπροστά στα μάτια του υπήρχε ένα κουτί. Το κοιτούσε μαγνητισμένος. Άφησε την πέτρα να πέσει κι ακούστηκε ο κρότος της. Η ηχώ τον διπλασίασε.
Τρόμαξε η Νικόλ.
- Τι έπαθες, Αλέξη;
Αλλά ο Αλέξης δεν της μίλησε. Με το χέρι του που έτρεμε άγγιξε το κουτί και το ξεσκέπασε. Οι λίρες γυάλισαν μέσα στο μισόφωτο. Η χαρά που ένιωσε του έκοψε την ανάσα.
Η Ράνια έκλαιγε κι ο γιατρός τής εξέταζε το πόδι της.
Ο Άγγελος μιλούσε και τον άκουγαν οι τουρίστες. Η Νικόλ περίμενε.
Και τότε, ο Αλέξης φώναξε όσο πιο δυνατά μπορούσε:
- Τις βρήκα, τις βρήκα!
Έλαμψε το πρόσωπο της Νικόλ. Φώναξε στη Ράνια:
- Μην κλαις άλλο, τις βρήκε.
Η Ράνια σηκώθηκε και φώναξε από μακριά στον Άγγελο:
- Μη μιλάς άλλο, τις βρήκε.
Η Λίνα άκουσε φωνές και κόβοντας απότομα το κουβεντολόι της με το φύλακα έτρεξε προς τη δεξαμενή.
Και τότε, έκπληκτοι οι τουρίστες, κι ο Γάλλος γιατρός, είδαν ένα πολύ παράδοξο θέαμα: το νεαρό ξεναγό και τους φίλους του να κατεβαίνουν κουτρουβαλώντας σχεδόν

τα σκαλοπάτια του ναού, την κοπελίτσα που τόσο πονούσε να χοροπηδά και να γελά, το αγόρι του πηγαδιού να έχει δρασκελίσει το κάγκελο και να ουρλιάζει: «Τις βρήκα»· την όμορφη Παριζιάνα να βαστά ένα κουτί στα χέρια της και να κλαίει...

Σάστισαν και δεν καταλάβαιναν, λες και βλέπανε τα μάτια τους δραπέτες φρενοκομείου, που ελεύθεροι έκαναν ό,τι τους κατέβαινε. Κι όλοι αυτοί οι τρελοί, σαν σαΐτες, πέρασαν μπροστά από το φύλακα, φωνάζοντας και τραγουδώντας: «Τις βρήκαμε».

Εκείνη την ώρα ο πορτοκαλής ήλιος έδυε πέρα στον ορίζοντα.

Ξανά στη Βαγία

Η Ιουλία είχε βγάλει στη βεράντα το μεγάλο τραπέζι της σάλας και το 'χε στρώσει με το πιο καλό της τραπεζομάντιλο. Σαν μικροί πολυέλαιοι, τα χρυσά τσαμπιά κρέμονταν από την κληματαριά. Μοσκοβολούσαν οι βασιλικοί στις γλάστρες.

Η Λίνα πηγαινοερχόταν κουβαλώντας πιάτα, ποτήρια, μαχαιροπίρουνα και κάθε τόσο μετρούσε και ξαναμετρούσε τα σερβίτσια: τέσσερις οι Καρυώτη, τρεις οι Χαλδαίοι, έξι εμείς, τρεις ο 'Αγγελος, πέντε η κυρα-Μαρία.

– Είμαστε είκοσι ένας, Ιουλία, φώναζε.

– Ζωή να 'χουμε, της απαντούσε εκείνη κι έσκυβε πάνω από τις αχνιστές κατσαρόλες της.

Η Λίνα ξανάμπαινε στην κουζίνα.

– Τι άλλο να κάνω;

– Φτάνει, πήγαινε τώρα κι εσύ να κολυμπήσεις.

– Και ποιος θα σε βοηθήσει;

Γελούσε καλόκαρδα η Ιουλία. Τούτη η μικρή, της θύμιζε τα παιδικά της χρόνια. Τα όμορφα καλοκαίρια της. Όταν έρχονταν τα κορίτσια, η Ζωή με την αδερφή της, να παραθερίσουν στο χωριό, η καρδιά της αναγάλλιαζε. Ο χειμώνας στη Βαγία ήταν κρύος, ατέλειωτος και σκληρός. Το καλοκαίρι, όλα αλλάζανε. Η δουλειά στο περιβόλι, στ' αμπέλια, στ' αλώνι, γινόταν γλέντι. Οι μικρές, ξυπόλυτες κι αυτές, τρέχανε παρέα με τ' αδέρφια της και μ' αυτή στη θάλασσα, στα βουνά και στα λαγκάδια κι ας φώναζε η μάνα τους. Και η χαρά έπιανε όλη τη μέρα, από το ξημέρωμα ως τη νύχτα και πέφτανε στα στρώματα κατάκοποι, αλλά ευτυχισμένοι.

Να, και σήμερα την ίδια χαρά ένιωθε, σαν και τότε, κι ας είχε τόσο μαγείρεμα. Όλους τους είχε διώξει. Ήθελε μόνη της να τα φροντίσει όλα. Τ' αδέρφια της είχαν πάει στο Μεσαγρό. Οι άλλοι κολυμπούσαν.

«Για σκέψου, είχανε βρει τις λίρες του Γιάννη του Χαλδαίου. Μεγάλη η χάρη της Παναγίας. Να που η ρόδα γύρισε και για το σπίτι της κυρα-Μαρίας».

– Θ' αργήσουν; κάθε τόσο ρωτούσε η Λίνα ανυπόμονη.

– Ε, μη βιάζεσαι. Το λεωφορείο θα 'ρθει στη μία, θα 'χουνε όλοι μαζευτεί τότε. Πιάσε μου εκείνη την κουτάλα και μια και θέλεις να βοηθήσεις, τρέχα στο περιβόλι και κόψε μπόλικες ντομάτες, κόκκινες, γερές, όπως έκανε η μάνα σου. Πάρε το καλάθι να τις βάλεις μέσα.

Η Λίνα ενθουσιάστηκε με τούτη τη δουλειά. Θα έλεγε σε όλους: εγώ έκοψα τις ντομάτες!

Άρπαξε το καλάθι και βγήκε τρέχοντας. Το μουλάρι γύρναγε το μαγκανοπήγαδο, κάθε κουβάς ανέβαινε ξεχειλισμένος, η ρόδα έφερνε τη βόλτα της και χυνόταν το νερό μέσα στη γούρνα κι ύστερα στο τσιμεντένιο αυλάκι. Η Λίνα το ακολουθούσε ως το περιβόλι. Σαν πράσινο χαλί της φάνταξε, με βούλες βούλες χρώματα: τα κολοκυθάκια με τα κίτρινα λειριά τους, οι μελιτζάνες και οι ντομάτες. Πρώτη φορά στη ζωή της έβλεπε ντοματιές.

«Κι εγώ που νόμιζα πως φύτρωναν πάνω στα δέντρα σαν τα μήλα».

Γελούσε μόνη της η Λίνα. Η καρδιά της ήταν πλημμυρισμένη από χαρά. Της ερχόταν να φωνάξει, να τραγουδήσει. Τι όμορφο καλοκαίρι!

Είχανε ξεκινήσει πολύ πρωί με τις... λίρες. Ο μπαμπάς τις βαστούσε «για να μην ξαναχαθούν», είχαν συμφωνήσει όλα τα παιδιά.

Η μαμά είχε τηλεφωνήσει στη Βαγία από προχτές και είχε ειδοποιήσει: «Θα 'ρθουμε την Κυριακή. Να μας ετοιμάσει φαγητό η Ιουλία, έχουμε σπουδαία νέα».

Σ' όλη τη διαδρομή Μούντι-λιμάνι, λιμάνι-Βαγία, η παρέα τραγουδούσε. Οι γονείς γελούσαν σαν παιδιά και κείνοι. Έλαμπαν τα πρόσωπα.

Όταν φτάσανε, οι Χαλδαίοι τους περίμεναν στο τέρμα του λεωφορείου. Ήταν χαρούμενοι που τους ξανάβλεπαν και περίεργοι.

– Πώς τούτο το ξαφνικό;

Και τότε τους εξήγησαν με το νι και με το σίγμα για την Αφαία, για το Γερμανό και τις λίρες.

– Ποπό, θάμα! είχε πει η Ιουλία και είχε σταυροκοπηθεί.

– Αλλά η κυρα-Μαρία λείπει στο Μεσαγρό, στης κόρης της.

Απογοητεύτηκαν όλοι. Και τώρα, τι θα γίνει;

– Ε, σπουδαίο το πράγμα, έκαναν τα δύο αδέρφια, ο Σώζος κι ο Παναγιώτης. Θα πάμε με τούτο το λεωφορείο που περνάει από το Μεσαγρό και θα σας τους φέρουμε όλους.

Η Ιουλία, τι καλή γυναίκα, τα κανόνισε όλα:

– Να πάτε, αλλά μην κάνετε κουβέντα για τις λίρες. Το «νέο» πρέπει να το πούνε τα παιδιά που τις βρήκαν. Μπας και σας ξεφύγει λόγος... Κι εσείς όλοι να πάτε για μπάνιο, μόνη μου θα τα ετοιμάσω όλα.

Ποιος ν' αντιλογήσει; Διαταγή έβγαινε από το στόμα της.

Η Λίνα μόνο παρακάλεσε:

– Άφησέ με να μείνω κοντά σου, θέλω να ζήσω λίγο στο σπίτι της μαμάς μου.

– Αχού, καλέ, τούτο το μικρό θα με κάνει να κλάψω στα καλά καθούμενα, και η Ιουλία την είχε τραβήξει από το χέρι.

Το καλάθι είχε γεμίσει ντομάτες, όμορφες ντομάτες, ο- λοκόκκινες.

Έκανε ζέστη, την αγαπούσε τη ζέστη η Λίνα. Σε λίγο θα μαζεύονταν όλοι κάτω από την κληματαριά και τότε...

Τότε έγινε μεγάλο γλέντι.

Κάτω απ' την κληματαριά όλοι μαζί γελούσαν και μιλούσαν.

– Είκοσι ένας νομάτοι είμαστε, είχε πει και ο Σώζος. Καθίστε.

Η κυρα-Μαρία τα 'χε χαμένα. Δεν καταλάβαινε. Οι Χαλδαίοι δεν της είχανε εξηγήσει γιατί έπρεπε να πάνε ό- λοι στη Βαγία.

«Υπομονή, θα το μάθετε όταν φτάσουμε. Ευχάριστα τα νέα, γιαγιά, ευχάριστα για σας».

Είχε συστήσει την κόρη της και τα εγγόνια της: ο Νεκτάριος, δεκαέξι χρονών, ο Λευτέρης, δεκατεσσάρων, και η μικρή, η Κατίνα, σαν τη Λίνα, δέκα.

Η Ζωή την είχε φιλήσει.

- Με θυμάσαι, γιαγιά;
- Και βέβαια, κόρη μου, σε θυμάμαι, δεν άλλαξες...
«Μα τι συμβαίνει;» ρωτούσαν τα μάτια των Χαλδαίων.
- Και τώρα λίγη ησυχία, είχε πει ο Αλέξανδρος. Ποιος απ' όλους θα τα πει; ρώτησε τα παιδιά.
Κι όλα, λες κι ήταν συνεννοημένα, φώναξαν:
- Η Λίνα.
Κοκκίνισε η μικρή.
- Εγώ; Γιατί εγώ; τα μάτια της έλαμψαν.
- Εσύ, εσύ, επέμεναν όλοι.
Η Λίνα σταύρωσε τα χέρια, πήρε μια βαθιά ανάσα κι άρχισε. Κοιτούσε την κυρα-Μαρία στα μάτια, λες και τα 'λεγε μόνο γι' αυτή:
- Λοιπόν, να, όταν ήρθαμε την άλλη φορά και σας ρωτήσαμε για το Γερμανό και μάθαμε για τις λίρες που σας έκλεψε, σκεφτήκαμε πως κάπου θα τις είχε κρύψει. Κι αρχίσαμε να ψάχνουμε. Πολύ μας βοήθησε το σημειωματάριο που μας δώσατε, γιαγιά. Και αφού ψάξαμε πολύ, τις βρήκαμε τις λίρες σας, 203 λίρες!
Ούτε η κυρα-Μαρία ούτε η κόρη της μίλησαν. Κοίταζαν πότε τη Λίνα, πότε τους άλλους, σαν να μην καταλάβαιναν.
- Ναι, τις βρήκαμε, επανέλαβε ο Αλέξης. Τις είχε κρύψει στη δεξαμενή πάνω στην Αφαία.
Και πάλι δε μίλησαν μάνα και κόρη.
Τότε ο Αλέξανδρος σηκώθηκε κι έβαλε μπροστά στη γριά ένα παλιό κουτί σκεπασμένο.
- Ναι, κυρα-Μαρία. Εδώ είναι οι λίρες σας.
Τα χέρια της γιαγιάς έτρεμαν. Άγγιξε το κουτί και τα δάχτυλά της δεν έλεγαν να τ' ανοίξουν.

– Γιαγιά, άνοιξέ το, να δούμε, είπε ο Νεκτάριος με μια φωνή βραχνή.
Πρώτα κοίταξε ξανά όλους η γριά, σαν να μην πίστευε όσα είχαν ακούσει τ' αυτιά της κι ύστερα τρέμοντας σήκωσε το σκέπασμα κι έσκυψε να δει.
Η κόρη της και τα τρία εγγόνια της είχαν σηκωθεί κι έσκυβαν πάνω από το κουτί.
Είχε κοπεί η ανάσα όλων.
Από τα μάτια της γριάς άρχισαν να τρέχουν δάκρυα που αυλάκωναν τα ρυτιδωμένα μάγουλά της. Ούτε μια κίνηση δεν έκανε για να τα σκουπίσει. Ήταν δάκρυα χαράς.
Με το χέρι χάιδεψε το κουτί κι ύστερα το έσπρωξε προς την κόρη της.
– Η προίκα σου, είπε και πνίγηκε η φωνή της.
Τώρα όλοι γελούσαν, μιλούσαν. Τα εγγόνια της κυρα-Μαρίας χοροπηδούσαν, η κόρη δεν ήξερε ποιον να πρωτοευχαριστήσει. Τα παιδιά εξηγούσαν. Η ρετσίνα χρύσιζε μέσα στα ποτήρια τους.
– Από τη Νικόλ ξεκίνησε όλη η ιστορία.
– Στην υγεία της Νικόλ, φώναξαν όλοι σηκώνοντας τα ποτήρια τους.
– Η Λίνα βρήκε το θησαυρό, είπε ο Άγγελος.
– Στην υγειά της Λίνας.
Και όλοι ξανασήκωναν τα ποτήρια τους.
Η Λίνα πετάχτηκε:
– Κι εγώ πίνω στην υγειά της παρέας, όλων των Χαλδαίων, των γονιών μας, της Αίγινας. Ζήτω!
– Ζήτω! Ζήτω! φώναξαν όλοι.
Η Νικόλ σήκωσε και κείνη το ποτήρι της.

– Κι εγώ θα ήθελα να πιούμε στην υγειά του Χανς που είναι άρρωστος. Πλήρωσε το σφάλμα του.
Κανένας δεν είχε αντίρρηση.
Πρώτη η γιαγιά σήκωσε το ποτήρι της:
– Στην υγειά του, ο Θεός θα τον έχει συγχωρήσει.

Το καλοκαίρι είχε φτάσει στο τέρμα του. Ένα όμορφο καλοκαίρι γεμάτο καλοσύνη, αγάπη, φιλία κι ελπίδες.

Επίλογος

Η Νικόλ γράφει από το Παρίσι

Καλοί κι αγαπημένοι μου φίλοι.
Είμαι πολύ συγκινημένη, ο Χανς, ο Γερμανός μας, Αλέξη, θυμήθηκε, θυμήθηκε και γιατρεύτηκε. Ο καθηγητής Σπακ, ξέροντας πια την «αλήθεια» της εποχής εκείνης, τον υπέβαλε σε ναρκανάλυση βάζοντάς του τις κατάλληλες ερωτήσεις. Και ο Χανς απάντησε σωστά, θυμήθηκε τη Βαγία. Ναι, είχε κλέψει τις λίρες της κυρα-Μαρίας. Ναι, τις είχε κρύψει στη δεξαμενή, γιατί φοβόταν να μην τον καταγγείλουν οι Χαλδαίοι και βρεθούν στα πράγματά του. Γιατί το 'κανε; Τι τον έσπρωξε να κλέψει; Είναι το μόνο που δε θυμάται. Ο σημερινός Χανς καταδικάζει την πράξη του.
Θυμάται τη νύχτα εκείνη που αποχαιρέτησε τους Χαλδαίους, «Ο Θεός να σε συγχωρήσει» του είχε πει η κυρα-Μαρία.
Θυμάται καλά, βγήκε ταραγμένος μέσα στη νύχτα, έβρεχε, θυμάται τη ΒΡΟΧΗ, το κρύο. Είχε αποφασίσει ν' ανέβει στο ναό της Αφαίας να πάρει τις λίρες και να τις ε π ι σ τ ρ έ ψ ε ι στους Χαλδαίους. Αυτό το θυμάται, βια-

ζόταν, ήθελε να επανορθώσει και τότε πάτησε τη νάρκη. Ο καθηγητής μου τώρα μπορεί να ερμηνεύσει τη «μερική αμνησία» του. Η κλοπή βάραινε τη συνείδηση του Χανς. Τύψεις. Ενοχή. Θέλησε να επανορθώσει. Η νάρκη και η διάσειση τον εμπόδισαν. Όταν συνήλθε, υποσυνείδητα απώθησε στη μνήμη του την πράξη του και μαζί μ' αυτή «έθαψε» τη χρονικό περίοδο που έζησε στην Ελλάδα μια και η χρονική περίοδος αυτή ταυτιζόταν με την κλοπή.
Τώρα ξαναβρήκε τη χαρά της ζωής. Λυτρώθηκε, κι αυτό το χρωστά στη δική σας βοήθεια: την επιμονή σας, το κουράγιο σας και την εξυπνάδα σας. Του μίλησα για σας. Αλέξη, ο Χανς, ο σημερινός, είναι άνθρωπος σωστός, μισεί τον πόλεμο, θα ήθελε οι άνθρωποι όλοι, απ' όποια φυλή, να είναι αδέρφια. Θα ήθελε να τον πιστέψεις, να τον θεωρήσεις φίλο, τότε μόνο, λέει, θα μπορεί να θυμάται χωρίς πίκρα. Θα γράψει στην κυρα-Μαρία, αποφάσισε ν' αναλάβει τις σπουδές των παιδιών της κόρης της. Έτσι θα ξεπληρώσει ένα ελάχιστο μέρος του χρέους που έχει απέναντι στους Χαλδαίους και στην Ελλάδα.
Σας στέλνω την αγάπη μου που κλείνει μέσα της όλη μου την περηφάνια να σας έχω φίλους. Σας φιλώ.

Η Νικόλ σας

Υ.Γ. Συμπληρώνω τα κενά που ίσως να σας έμειναν από την ιστορία. Ο Χανς είχε γράψει στο καρνέ του Νεκτάριος-Επισκοπή-Πηγάδι-Γενέθλια της Παναγίας, κλπ., γιατί είχε τη συνήθεια να σημειώνει ό,τι του έκανε εντύπωση και του άρεσε στις πολλές περιηγήσεις του στο νησί. Βροχή, Αιακός ήταν ο μύθος του Ελλανίου όρους. Βροχή, που έλεγε και ξανάλεγε κατά τη διάρκεια των ναρκαναλύσεων, ήταν η Βροχή εκείνης της νύχτας του 1943 που έδειχνε την αγωνία του.

Όλα τώρα είναι καθαρά, δεν υπάρχει γρίφος. Ο αφανής θησαυρός του ναού της Άφα-αφανούς Αφαίης βρέθηκε.

Πολλά φιλιά
Νικόλ

ΖΩΡΖ ΣΑΡΗ

Η Ζωρζ Σαρή γεννήθηκε το 1923 στην Αθήνα. Η μητέρα της ήταν Γαλλίδα από τη Σενεγάλη και ο πατέρας της από το Αϊβαλί. Τα παιδικά της χρόνια τα έζησε στην Ελλάδα, όπου τελείωσε το δημοτικό και το γυμνάσιο. Πριν ολοκληρώσει τις εγκύκλιες σπουδές της, άρχισε ο πόλεμος του 1940.

Στη διάρκεια του πολέμου η Ζωρζ Σαρή συμμετείχε στην Αντίσταση και στην ΕΠΟΝ. Περιγράφοντας εκείνα τα χρόνια, η ίδια λέει: «Τα χρόνια της Κατοχής ήταν χρόνια χαράς και ελευθερίας. Από δυστυχισμένοι γίναμε ευτυχισμένοι. Και αυτό γιατί διαλέξαμε τον δρόμο της ζωής και ας υπήρχε θάνατος μέσα. Θρηνούσαμε και χαιρόμασταν όλοι μαζί. Δε φοβόμασταν όμως. Υπήρχε ένας στόχος, η απελευθέρωση». Στην Κατοχή, και αφού τελείωσε το σχολείο, άρχισε να παρακολουθεί μαθήματα υποκριτικής στη Δραματική Σχολή του Δημήτρη Ροντήρη.

Τον Β΄ Παγκόσμιο πόλεμο διαδέχτηκε ο Εμφύλιος, κατά τη διάρκεια του οποίου η Ζωρζ Σαρή πληγώθηκε στο χέρι και στο πόδι από οβίδα και νοσηλεύτηκε στο νοσοκομείο «Αγία Όλγα». Αργότερα, το 1947, αναγκάστηκε να φύγει εξόριστη για το Παρίσι. Εκεί δούλεψε σε διάφορες δουλειές, ενώ συγχρόνως φοιτούσε στη σχολή του Σαρλ Ντυλλέν. Στο Παρίσι γνώρισε σημαντικούς ανθρώπους, όπως τον Κώστα Αξελό, τη Μελίνα Μερκούρη, τον Άδωνι Κύρου, τον Μαρσέλ Μαρσό και πολλούς άλλους. Εκεί συνάντησε και τον Μαρσέλ Καρακώστα, με τον οποίο απέκτησε δύο παιδιά, τον Αλέξη και τη Μελίνα Καρακώστα, που αργότερα έγινε κι εκείνη συγγραφέας.

Το 1962 επέστρεψε στην Ελλάδα με την οικογένειά της και συνέχισε να παίζει στο θέατρο μέχρι την εποχή της δικτατορίας, οπότε μαζί με φίλους της ηθοποιούς αποφάσισαν να κάνουν παθητική αντίσταση και να μην ξαναπαίξουν στο θέατρο. Το καλοκαίρι εκείνο, στερημένη από κάποια μορφή έκφρασης, άρχισε να γράφει το πρώτο της μυθιστόρημα. *Ο Θησαυρός της Βαγίας* ξεκίνησε σαν παιχνίδι με τα παιδιά που είχε γύρω της.

Μετά τη μεγάλη επιτυχία του πρώτου της βιβλίου, η Ζωρζ Σαρή αποφάσισε να αφιερωθεί στο γράψιμο: «Στο γράψιμο βρήκα ό,τι δεν μπορούσα να βρω στο θέατρο, ίσως γιατί δεν ήμουν πρωταγωνίστρια και ίσως γιατί δεν ήμουν σε θέση να διαλέξω τους ρόλους που ο θιασάρχης ή ο σκηνοθέτης διάλεγαν για μένα. Τώρα φέρω ακέραιη την ευθύνη των βιβλίων μου. Κάνω αυτό που θέλω, αυτό που μπορώ».

Σήμερα το όνομα της Ζωρζ Σαρή έχει συνδεθεί με τη λογοτεχνία του τόπου μας και οι αφηγηματικές τεχνικές και η θεματολογία των έργων της έχουν σφραγίσει τη σύγχρονη ελληνική παιδική λογοτεχνία. Οι προσωπικές της αξίες, η αγάπη της για τα παιδιά και η «εξάρτησή» της από τη συγγραφή δίνουν το στίγμα του συγγραφικού της έργου, το οποίο υπηρέτησε πιστά ως το τέλος της ζωής της τον Ιούνιο του 2012:

«Όσον αφορά τις δικές μου αξίες, πάνω απ' όλα είναι η ελευθερία μου και η αξιοπρέπειά μου. Και η φιλία. Να νιώθω ελεύθερη και να είμαι όρθια».

Έργα της Ζωρζ Σαρή

Μυθιστορήματα για παιδιά και για νέους

Ο θησαυρός της Βαγίας, εκδ. Κέδρος, 1969, Εκδόσεις Πατάκη, 1992
Το ψέμα, εκδ. Περγαμηνή, 1970, εκδ. Κέδρος, 1987, Εκδόσεις Πατάκη, 1992
Όταν ο ήλιος..., εκδ. Κέδρος, 1971, Εκδόσεις Πατάκη, 1992
Κόκκινη κλωστή δεμένη..., εκδ. Κέδρος, 1974, Εκδόσεις Πατάκη, 1992
Τα γενέθλια, εκδ. Κέδρος, 1977, Εκδόσεις Πατάκη, 1992
Τα στενά παπούτσια, εκδ. Κέδρος, 1979, Εκδόσεις Πατάκη, 1992
Οι νικητές, εκδ. Κέδρος, 1983, Εκδόσεις Πατάκη, 1992
Τα Χέγια, Εκδόσεις Πατάκη, 1987, νέα έκδοση, Εκδόσεις Πατάκη, 2014
Το παραράδιασμα, Εκδόσεις Πατάκη, 1989, νέα έκδοση, Εκδόσεις Πατάκη, 1996
Κρίμα κι άδικο..., Εκδόσεις Πατάκη, 1990
Νινέτ, Εκδόσεις Πατάκη, 1993, νέα έκδοση, Εκδόσεις Πατάκη, 2012
Ζουμ, Εκδόσεις Πατάκη, 1994, νέα έκδοση, Εκδόσεις Πατάκη, 2017
Ε.Π., Εκδόσεις Πατάκη, 1995
Μια αγάπη για δύο (μαζί με την Αργυρώ Κοκορέλη), Εκδόσεις Πατάκη, 1996
Ο χορός της ζωής, Εκδόσεις Πατάκη, 1998
Σοφία, Εκδόσεις Πατάκη, 1998
Ο Κύριός μου, Εκδόσεις Πατάκη, 2002
Ο πόλεμος, η Μαρία και το αδέσποτο, Εκδόσεις Πατάκη, 2003
Τότε..., Εκδόσεις Πατάκη, 2004

Νουβέλες

Η αντιπαροχή, Εκδόσεις Πατάκη, 1989, νέα έκδοση, Εκδόσεις Πατάκη, 2017

Ιστορίες και παραμύθια για μικρά παιδιά

Το γαϊτανάκι, εκδ. Κέδρος, 1973, Εκδόσεις Πατάκη, 1992, νέα έκδοση, Εκδόσεις Πατάκη, 2014
Ο Φρίκος ο Κοντορεβιθούλης μου, εκδ. Κέδρος, 1980, Εκδόσεις Πατάκη, 1999, νέα έκδοση, Εκδόσεις Πατάκη, 2006
Η σοφή μας η δασκάλα, εκδ. Κέδρος, 1982, Εκδόσεις Πατάκη, 1992
Η κυρία Κλοκλό, Εκδόσεις Πατάκη, 1986, νέα έκδοση, Εκδόσεις Πατάκη, 2007
Ο Αθηνόδωρος, εκδ. Κέδρος, 1987, Εκδόσεις Πατάκη, 1997
Ο Τότος και η Τοτίνα, Εκδόσεις Πατάκη, 1988, νέα έκδοση, Εκδόσεις Πατάκη, 2014
Ο Αρλεκίνος, εκδ. Δελφίνι, 1993, Εκδόσεις Πατάκη, 2001
Η Πολυλογού, εκδ. Δελφίνι, 1993, Εκδόσεις Πατάκη, 2000
Η κόκκινη κοτούλα, εκδ. Κέδρος, Εκδόσεις Πατάκη, 2002
Η τουλιπίτσα, εκδ. Κέδρος, Εκδόσεις Πατάκη, 2002
Ο Φαντασμένος και άλλα παραμύθια (μαζί με τη Μελίνα Καρακώστα), Εκδόσεις Πατάκη, 2005
Το κουμπί και μια βελόνα, Εκδόσεις Πατάκη, 2010

Θέατρο

Το τρακ, Εκδόσεις Πατάκη, 1998 (εξαντλημένο)

Μυθιστορήματα για μεγάλους

Κλειστά χαρτιά (μαζί με τη Μελίνα Καρακώστα), Εκδόσεις Πατάκη, 2001
Γράμμα από την Οδησσό, Εκδόσεις Πατάκη, 2005
Το προτελευταίο σκαλοπάτι, Εκδόσεις Πατάκη, 2009

Μεταφράσεις

Ε. Ιονέσκο, *Ο Μόνος*, εκδ. Μπάιρον, 1974
Τόμικο Ινούι, *Το γαλάζιο κύπελλο*, εκδ. Κέδρος, 1974, Εκδόσεις Πατάκη, 2013
Μάριο Σοάρες, *Η φιμωμένη Πορτογαλία*, εκδ. Μπάιρον, 1974
Σιμόν ντε Μποβουάρ, *Οι Μανδαρίνοι*, εκδ. Ανοιχτή Γωνιά, 1978
Πιερ Πελό, *Το παιδί και το αστέρι*, εκδ. Ψυχογιός, 1979
Μαντελέν Ζιλάρ, *Το κρυφό μονοπάτι*, εκδ. Κέδρος, 1979
Εβγκένι Βελτιστόφ, *Ελεκτρόνικ*, εκδ. Κέδρος, 1979
Φράνσις Ζανσόν, *Ζαν-Πολ Σαρτρ*, εκδ. Κέδρος, 1980
Αντρέ Κεντρός (Ανδρέας Κέδρος), *Το νησί με τα ζωντανά απολιθώματα*, εκδ. Κέδρος, 1981
Ανρί Τρουαγιά, *Βιου*, εκδ. Κέδρος, 1982
Μορίς Ντρυόν, *Τιστού ο πρασινοδάχτυλος*, εκδ. Κέδρος, 1983
Μαργκερίτ Ντυράς, *Φράγμα στον Ειρηνικό*, εκδ. Κέδρος, 1983
Έκτορας Μαλό, *Χωρίς οικογένεια*, τόμοι α΄-β΄, Εκδόσεις Πατάκη, 1987
Ιούλιος Βερν, *Μιχαήλ Στρογκόφ* (μαζί με την Ελένη Ρώτη-Βουτσάκη), Εκδόσεις Πατάκη, 1989
Αλφόνς Ντοντέ, *Γράμματα από το μύλο μου*, Εκδόσεις Πατάκη, 1997
Ρολάντ Λαμάρ, *Ο χαμένος αδερφός*, Ελληνικά Γράμματα, 1999

Μελέτες για το έργο της Ζωρζ Σαρή

Χρύσα Κουράκη, *Οι λογοτεχνικοί χαρακτήρες στο πεζογραφικό έργο της Ζωρζ Σαρή, 1969-1995*, Εκδόσεις Πατάκη, 2008
Συλλογικό έργο σε επιμέλεια της καθ. Άντας Κατσίκη-Γκίβαλου, *Όταν... η Ζωρζ Σαρή: 40 χρόνια προσφοράς στη λογοτεχνία για παιδιά και για νέους*, Εκδόσεις Πατάκη, 2009

Όταν ο ήλιος...

Ζωρζ Σαρή

Ηλικία: 13+

Λέξεις-κλειδιά: πόλεμος του '40, κατοχή, Ελλάδα, απελευθέρωση

Κατηγορία: ιστορικό, κοινωνικό

Σελίδες: 384   ΒΚΜ: 8496

Ήρωες: Ζωή, Ειρήνη, Πατέρας, Έμμα

Δυνατά σημεία: Η πειστική αποτύπωση της ζοφερής αυτής περιόδου της ελληνικής ιστορίας. Η ολοζώντανη αφήγηση της Ζωής.

Αθήνα, περίοδος Κατοχής. Η δεκαεξάχρονη Ζωή προσπαθεί να καταλάβει... Προσπαθεί να καταλάβει γιατί ο πόλεμος, γιατί οι θάνατοι, γιατί η κατάκτηση της χώρας από τους Ναζί, γιατί η πείνα και οι κακουχίες. Και σιγά σιγά, θα αρχίσει να αντιδρά με τις μικρές της δυνάμεις ώστε να επιστρέψει στην Ελλάδα η πολυπόθητη ελευθερία...

ΔΙΑΒΑΣΕ ΠΕΡΙΣΣΟΤΕΡΑ

www.i-read.i-teen.gr
ο δικός μας χώρος

Το ψέμα

Ζωρζ Σαρή

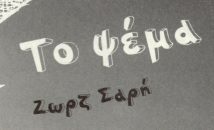

Ηλικία: 11+

Λέξεις-κλειδιά: φιλία, εφηβεία, διαζύγιο

Κατηγορία: κοινωνικό

Σελίδες: 144   ΒΚΜ: 0680

Ήρωες: Χριστίνα, Αλέξης, Ελευθερία, Γιώργος Ευαγγέλου, Ρέα, Τάνια

Δυνατά σημεία: Η δυνατή πλοκή και η ημερολογιακή γραφή που δίνει αμεσότητα στην αφήγηση. Το ότι παρακολουθείς την ιστορία συνέχεια από περισσότερες οπτικές γωνίες και έτσι έχεις μια σφαιρική θέαση των γεγονότων.

Οι γονείς της Χριστίνας χωρίζουν και η μητέρα της αναγκάζεται να μετακομίσει στην Αθήνα από τη Θεσσαλονίκη, για να βρει δουλειά. Εκεί την περιμένει μια οικογένεια συγγενών της και τη βοηθά να πιάσει δουλειά ως θυρωρός σε πολυκατοικία, όπου και μένει σε ένα υπόγειο. Όταν η Χριστίνα πάει να βρει τη μητέρα της για να μείνει μαζί της, απογοητεύεται από το νέο της σπίτι και τον καινούριο τρόπο ζωής της. Έτσι, στο καινούριο της ακριβό σχολείο, όπου διδάσκει ο θείος της ο Γιώργος και εκείνη φοιτά δωρεάν, γνωρίζει νέους φίλους, αλλά διστάζει να τους «ανοιχτεί» και να τους πει την αλήθεια για ό,τι συμβαίνει στη ζωή της. Ακόμη και η ξαδέρφη της η Ρέα, την οποία γνωρίζει για πρώτη φορά, αγνοεί την αλήθεια, με αποτέλεσμα ορισμένες φορές να την αμφισβητεί...

ΔΙΑΒΑΣΕ ΠΕΡΙΣΣΟΤΕΡΑ   www.i-read.i-teen.gr

Ο δικός μας χώρος

Τα Χέγια

Ζωρζ Σαρή

Ηλικία: 12+

Λέξεις-κλειδιά: σχέση πατέρα-κόρης, Σύγχρονη Ελληνική Ιστορία, δικτατορία

Κατηγορία: κοινωνικό

Σελίδες: 196   ΒΚΜ: 0273

Ήρωες: Μάτα, Βλάσης, Ειρήνη, Καλλιόπη, Νόρα

Δυνατά σημεία: Οι δύο παράλληλες ιστορίες στο παρόν και στο παρελθόν. Το ημερολόγιο του πατέρα της πρωταγωνίστριας, που κρατά αμείωτο το ενδιαφέρον του αναγνώστη.

Η Μάτα τελειώνει το λύκειο στη Λαμία. Ζει με τον πατέρα και τη γεροντοκόρη θεία της και πιστεύει –έτσι της έχουν πει– πως η μητέρα της πέθανε στη γέννα. Ωστόσο, στην πορεία η Μάτα ανακαλύπτει πως ο πατέρας της της κρατά ένα μεγάλο μυστικό. Ένα μυστικό που έχει να κάνει με το παρελθόν του, αλλά και με το παρόν της Μάτας. Όταν η Μάτα μαθαίνει πως ο πατέρας της σχετιζόταν με το καθεστώς της δικτατορίας και πως ζούσε στην Αθήνα μια ζωή άγνωστη για εκείνη, συγκρούεται μαζί του και ο συγυρισμένος κόσμος της αναστατώνεται. Ωστόσο, αγνοεί πολλά γεγονότα για την αληθινή ιστορία των γονιών της, τα οποία αποκαλύπτονται σιγά σιγά μέσα από το ημερολόγιο εκείνης της εποχής του πατέρα της...

ΔΙΑΒΑΣΕ ΠΕΡΙΣΣΟΤΕΡΑ

www.i-read.i-teen.gr

Ο δικός μας χώρος